奔腾的春溪

徐鲁 著

山东教育出版社
·济南·

图书在版编目（CIP）数据

奔腾的春溪 / 徐鲁著 . —济南：山东教育出版社，2023.5

ISBN 978-7-5701-1822-9

Ⅰ . ①奔… Ⅱ . ①徐… Ⅲ . ①散文集－中国－当代
Ⅳ . ① I267

中国国家版本馆 CIP 数据核字（2023）第 049477 号

奔腾的春溪

BENTENG DE CHUN XI

徐鲁 著

主管单位：山东出版传媒股份有限公司
出版发行：山东教育出版社
地址：济南市市中区二环南路 2066 号 4 区 1 号
邮编：250003
电话：（0531）82092660
网址：www.sjs.com.cn
印 刷：山东华立印务有限公司
版 次：2023 年 5 月第 1 版
印 次：2023 年 5 月第 1 次印刷
开 本：889 mm × 1270 mm 1/32
印 张：8.5
印 数：1—5000
字 数：142 千
定 价：35.00 元

（如印装质量有问题，请与印厂联系调换）
印厂电话：0531-76216808

目录

辑一 大地春色

目录

辑二 故乡月明

辑三　赤子芳华

辑一

大地春色

我伸出双手，放在溪水里，轻轻撩起了一串彩色的水花。

奔腾的春溪

一

早春时节的土地是松软的。山雀子噪醒的山岭间，一抹雨烟。但每一寸湿润的泥土下，都隐藏着也在萌生着蓬勃的生命力。

侧耳细听，从远处青翠的茶山上，传来一声声布谷鸟和鹧鸪的啼唤，那么急切，又那么悠远；山坡下的楠竹林里，回应着竹鸡、斑鸠和抱窝的野鸡们的咕哝与呢喃……那么婉转，又那么缠绵。

“滴水快，滴水快，山里女伢掐苦菜。”幕阜山的细伢子，一听到竹鸡叫，就会唱起这首儿歌，去应和竹鸡们的叫声。

竹鸡的样子看上去有点笨笨傻傻的。它们不喜欢去别处活动，就喜欢待在竹林里。早春时节，清晨的竹林里还有点凉飕飕的，竹鸡们喜欢一只挨着一只排成一串，横着蹲在竹枝上，相互挨近了取暖，看上去要多傻有多傻。

幕阜山人也把竹鸡叫作“泥滑滑”。如果仔细听去，竹鸡的叫声真的像是一遍遍在喊着：“泥滑滑，泥滑滑……”

哎，傻傻的竹鸡们哟，你们在说什么呢？

腐叶铺成的小路上,闪亮着一小团一小团的积水。不用说，这是野猪妈妈带着小野猪们走过时留下的蹄窝了。

马兰花和二月兰，开在静悄悄的崖畔；水竹和水柳，长在蓝幽幽的河腰。幕阜山总是让我魂牵梦绕。回到山区的头一天，天还蒙蒙亮的时候，我就让满山的鹧鸪和布谷鸟的啼唤声给吵醒了，让窗外楠竹林里“泥滑滑，泥滑滑”的啼鸣和各种山雀子的噪林声给吵醒了。

幕阜山区的植被，以长得又高又粗大的楠竹居多。还有一种竹竿纤细的雷竹，据说每年春雷滚动的时候就会萌发出来，蹿得很快。所以，山里的伢子们一到这个时节，就喜欢到山前或屋后的小竹林里，去捡新鲜的蘑菇，去拔幼嫩的雷竹笋子。这也是山里人家饭桌上的时令野蔬。

除了楠竹和雷竹，还有枫、樟、松、板栗、柞、野樱、乌桕……这些常见的杂植。竹木繁茂的地方，鸟雀就多。鸟雀噪林，也是山塆清晨和傍晚的生活日常。假如没有了鸟雀噪林的声音，山里的人家该有多么寂寞。

竹鸡、鹧鸪、斑鸠、布谷、喜鹊、黄莺、画眉、乌鸫、八哥、水鹁鸪、秧鸡……都是山塆出色的“歌手”。只要你肯驻足倾听，任何时候，这些快活的“歌手”都愿意为你来一曲鸟声“大合唱”。往往是布谷和斑鸠先带个头，然后众鸟响应，不同的“声部”和“音色”，应有尽有。“早起的雀子有虫吃。”幕阜山区也有这句谚语。

晨风拂过楠竹林，每一片竹叶上都抖动着晶亮的露珠。山里的空气真是清新，这气息，我曾经是那样熟悉。仔细嗅辨，空气里有新鲜的泥土气，有刚刚冒出地面的菌子和笋子的气息，还有几丝青茶的气息……

二

立春已过，雨水和惊蛰正在临近，离花汛时节也不远了。这时候，如果你不是身在山塆，不是盘桓在山塆人家的屋前与山后，你很难真切感受到什么是“紫燕呢喃”，什么叫“春雨如烟”。

没有在山塆人家生活过的人，很难分清什么是云烟，什么是雨雾。实际上，同样是飘绕的烟雾，也分好几种。

炊烟，是每一座小山塆的生活日常。早晨和傍晚，远远近近的村落，哪怕是散落在山腰或山脚下的一两户人家，也会在日出之前和日落时分，准时升起袅袅的烟缕。这就是农家烧火煮饭时的炊烟。

因为风和气温，住在山腰的人家，炊烟会升得很高，无论在哪面山坡、哪个山口，远远地都能看得见；住在山脚下或河谷的人家，炊烟一冒出烟囱就会散开，匍匐在一个个屋顶上，匍匐在苍黑的瓦脊之间，久久不肯散去。

岚烟，就是我们常说的山岚，是山中的雾气。岚，就是山气，仿佛大山每天呼吸的气息，升空为云，贴地为烟。比起炊烟来，岚烟要洁白一些。眼下正是春天，岚烟是湿润和低沉的，而秋天的岚烟，会变得干爽和轻淡，成为秋高气爽的标志。茫茫山岭是岚烟的家乡，大山因为有了流动的岚烟，也就有了气韵，有了动态的风姿。

山区里还有一种烟，就是湖烟与河烟。浮漾在河面上的，叫河烟；氤氲在湖面上的，叫湖烟。春天里细雨蒙蒙，丰富的水汽聚集和浮漾在湖面或河面上，就形成了一层淡淡的、薄薄的湖烟或河烟。淡淡的湖烟或河烟好像有点喜欢“缠人”，会跟着小船和撑渡人，会跟着过湖或过河的客人，从这岸飘到对岸，落在船帮上，落在衣服和头发上，落在船篙上，甚至落在狗子大黄的毛皮上……瞬间都变成了湿漉漉的露水。

如果，淡淡的湖烟或河烟落在青翠的楠竹叶上，落在一些小野花的花瓣上，也会变成晶亮的露珠，成为在清晨里早早醒来的小鸟们的“饮料”。这些晶亮的露珠，也会伴随着小鸟的歌声，一起滚落在竹林下面的大地上……

山里人家也喜欢傍水而居。富水河有一条支流，叫桃花溪。清亮的桃花溪从富水河上游的蜈蚣岭一带发源，一路唱着野性的歌，弯弯曲曲地经过许多垮子，绕过不少山脚，最后流进富水河里。

走在幕阜山的春天里，泥泞的小路和田埂，轻柔的云雾和烟雨，潺潺流淌的春溪，无不牵引着我的乡愁，逗惹着我的情思，也拂撩着我的记忆……

向晚时分，在桃花溪潺潺流过的一个长满水竹、鸭舌草和矮菖蒲的埠头，几块光滑的捶衣石上，我坐下来休息。不经意间，又看到了熟悉的一幕。

这些捶衣石，在清晨和傍晚是属于洗衣、捶衣的女子们的。随着捶衣棒槌一下下的击打，溪边会敲起一阵淡淡的热烈。捶衣女子们家长里短的嬉笑，是溪边最生动的村景。

“归家咯——鬼伢子吔！”不一会儿，炊烟送来晚饭的气息。塆子口的老枫树下，此起彼落地响着唤归的母亲们半含疼爱、半带责怪的声音。

玫瑰色的晚霞，把小塆的屋顶、田畈、树和溪水，映照得红彤彤的。在站起身的瞬间，我伸出双手，放在溪水里，轻轻撩起了一串彩色的水花。

山里的溪流，又清又浅。只要一夜雨水，溪流就会平了这埠头，平了不远处的小石桥。

三

翌日，一位年轻的驻村工作队队长，带我上山去看他们新栽的柑橘林。此刻，满山满谷，都是闪闪发亮的新绿。

除了清脆的、喧闹的鸟声，细听还有无数的溪声。千山响杜鹃，万壑皆溪声，这也是幕阜山区的春天里山溪欢唱、万物勃发的景象。

鸟声洗耳，溪声洗心。每一声鸟鸣，都让人顿生美丽的乡愁；每一条细小的山溪，都像是闪亮的琴弦，在叮咚演奏着大地的音乐。

也许是因为刚刚说到了大诗人苏东坡也曾来过此地，身处此情此景中，我的心里也不禁生发出几缕“古意”。

我想，假如我是一位山中樵夫，一位背着竹篓的采药人，或者是一位满怀闲情逸致的漫游者，到此真可以莫问前路了。我愿意在这万山溪声足以洗净所有风尘、滤清所有烦躁心境的时辰，放下肩上的担子和背上的背篓，也摘下身上小小的行囊，独自流连在这春山之上。或坐看闲云出岫，或遥望白云生处的人家，或者干脆赤脚涉过山溪，随意叩开哪扇柴扉，没准就能遇见一位山中隐者；即便没有隐者，能邂逅一位布衣山翁也好呢！我愿意与他取来几缕烟雨和山岚，舀来几抔清清的山溪，轻煎一壶春色，一边对饮，一边听那山风的轻吹和那万山溪声……

可惜的是，我没有这样的闲情，也遇不见这样的隐者和山翁。

当然了，我们年轻的驻村工作队的队员们，更没有这样的闲情逸致。在这春工忙忙的时节，在这日新月异的年月，奋斗在山塆的人们，谁会有这样的闲情？谁有心思去大发“思古之幽情”？

望着眼前几面山坡上青枝勃发的柑橘林，我问年轻的韩队长：“这满山满坡的柑橘林，规模可不小哇！”

“合起来有300多亩。”韩队长说，“你要是秋天来这里，一眼望去，那是真正的满山橙红橘绿。”

“后皇嘉树，橘徕服兮。受命不迁，生南国兮。深固难徙，更壹志兮。绿叶素荣，纷其可喜兮。”我信口吟诵着屈原的诗，笑着问，“这可是你们写在山岭上的‘创业史’！”

“也不是我一个人的‘手笔’，是大伙儿和乡亲们一起开动思路‘写’出来的。”

我又问道：“这些橘树的品种是‘温州蜜柑’吗？”

“不是。‘温州蜜柑’是老品种，不时兴了。现在我们引进的是一种新品种杂柑，叫‘爱媛28’。名字听上去有点大家闺秀的感觉，对不对？这个品种不仅吃起来口感好，产量也高。现在市场上一斤果子零售能卖到20元，批发价起码也在七八元，一亩地平均产果2500公斤哪！”

多好啊！春天的山岭上，弥漫着万物萌发的大自然的清香，也回旋和蒸腾着岚烟缭绕的生命气息，仿佛有千条万条春溪在奔涌，在汇聚。它们将汇入谷底和山脚的河流，汇聚成更大的力量，卷带着更加强劲的信心和希望，奔出山谷，奔向远方。

四

不知你有没有过在夜晚的山路上行走或匆匆赶路的经历？夜色茫茫，山路迢迢，看不见一个人影，只有天上的星斗伴着你前行。

忽然，远方的山脚下，闪烁着一豆微弱的灯火，若有若无，似近又远。虽然还不能马上就走近它，但毕竟，那一豆灯火就在前方！

那么微弱的一豆灯火，却在引导着你，鼓舞着你，给你信心和力量，让你心驰神往，奋然前行，同时也给你带来许多遐想 。

那也许就是一个小小的野店的灯火吧？那也许是几户还

燃着温暖的灶火的农家吧？

橘黄色的灯光下，是一位母亲在给家人缝补衣衫呢，还是有一位小学生正趴在小饭桌上写作业，还是一对小姐妹正支着双手，捧着小脸，在听妈妈讲故事？

又或许，那里有一扇敞开的篱门？篱笆院前，站着一个盼归的人？裹在围巾里的脸，冻得通红；那一豆灯火，就像一颗殷殷期盼的、温暖的、跳动的心……

和驻村队员们一起，走在山溪流泻的山路上，沐浴着我所熟悉的春夜的星光，望着闪烁在远山的星星点点的橘黄色的灯火，我一直沉浸在这样一种温柔的感情和美丽的遐想里。

我知道，那每一星、每一团灯火里，都是一个小小的山垮、一个小小的村落，都是一个个温暖的家，都是星星点点、正在汇聚的光源和希望，就像这满山满谷、潺潺作响的山溪，一线线、一条条，正在汇聚成奔涌的力量，汇入磅礴的大河。

红菊与红菱

红菊是一个农村小姑娘。人如其名，她给我的最初印象，正像是盛开在山野里和溪流边的一朵小野菊，清新、朴素，虽是初涉尘世，却是那么自信和执着，向着世界散发着自己淡淡的清香。

我认识她的时候，她还只有十七八岁的样子，刚从大别山区老家来到武汉，在东湖边黄鹂路上的一个小理发店里给客人洗头，当小学徒。这个理发店，是她同村的一个亲戚杨师傅开的。店里有好几个和她差不多大的细哥、细妹，都是同一个塆子的，他们都叫她“红菊姐”。

那时候，我也还不到三十岁，刚到武汉工作不久，住在黄鹂路附近的一个小区里。因为时常到红菊所在的那个理发店理发，两三次之后，我就跟红菊熟识了。

后来每次去理发，都是红菊抢着给我洗头、吹头发。有时一边洗头，她还一边给我聊一点她家乡的事情。这个小姑娘待人热情，在店里也很勤快，手脚麻利。客人多的时候，她就不停地给人洗头、吹干头发；空闲的时候，就默默地站在一边，仔细观察师傅给人理发、美发的手法和技艺。

不到一年的工夫，红菊就把理发的手艺学到了手。师傅也允许她执掌理发推子，给客人理发了。

红菊“出师”后，我每次去理发，就再也不用总劳烦杨师傅大驾了，都是由红菊给我修剪。

记得刚开始时，红菊还有点不自信，怕给我理不好，所以每一推子、每一剪子，都是小心翼翼的样子。

我鼓励她说：“红菊，用不着这么拘谨，像‘蚕食’一样，你下手狠一点没关系，大不了剃成一个光头呗！”

红菊羞怯地说：“那怎么可以，叔叔是知识分子，看您平时穿衣服都那么讲究，我要尽量给您修剪得完美一点嘛！”

谁能想到，这一修剪，不知不觉，就是三十年。

仔细想了一下，三十年来，除了这个理发店，除了红菊，我竟然一次也不曾在别的理发店理过发，可见我的恋旧之心有多重，对自己熟悉的环境有着怎样深的依赖。

红菊先是学会了给男性顾客理发。不同年龄的顾客，发型自然是各不相同的。红菊用了一两年的时间，就很快掌握了十来种男性发型的修剪风格。

后来，凭着自己的勤奋好学和心灵手巧，红菊又学会了更多为女性顾客美发的手艺。没过几年，她就成了这个理发店的“当家师”。教红菊手艺的杨师傅，干脆把自己的位置也“让”了出来，放心地交给了她，甚至还让她带起了徒弟。

在理发店里给客人洗头、端茶、递送毛巾、干些杂活的小学徒们，那些从乡村来的男孩子、女孩子，每过一两年，就会换成一些新的面孔。每一个新来的细哥、细妹，跑前跑后的，无一例外都是“红菊姐”“红菊姐”地叫着。

红菊告诉我，这些细哥、细妹，有的是她那个塆子的，有的是老家附近塆子的，都不愿意在家里待，非要出来不可。有的去广东中山、浙江温州一带打过工，到了那里又想家，就又跑回来了。店里每次有人回塆子，总是有人缠着要跟着来。可是理发店就这么大，哪里容得下那么多人！

我问红菊：“以前的那些细妹子呢？不是都做得好好的吗？”

“翅膀硬了，飞走了。”红菊说，“有的学到了一点手艺，自己找到了大一点的美发店，那里工资也会高一点；有的在这里吃不了苦，出去找别的工作去了；还有的是让家人喊回去，回家帮着插秧去了。”

是啊，这一茬一茬的，在人们的匆忙和忽略中不知不觉地长大的山区少年，多像是一小群一小群乡间椋鸟，一到春天，就纷纷飞出了自己的小塆，飞到了一些陌生的城市的角落里，去寻找各自的生活和前程。到了农忙时节，他们有的还会记得，要返回家乡去春播、夏种和秋收……这些少年人，一定也像椋鸟一样，早早体会到了人世间的冷暖和生存艰辛。

有一次我又去理发，看见店里新来了一个面容清秀的小姑娘，正在学着给客人洗头。小姑娘的模样，和当年我初次见到的红菊十分相像。

红菊说：“这是我妹妹，她叫红菱，书念得不好，念不下去了，也不愿在家里待了。”

“难怪你们这么像呢，原来是亲姐妹。”我笑着说，“红菊，红菱，你们姐妹俩名字都很美，谁给起的？”

“我爸给起的，他说是从《镜花缘》里给找的名字。”

如果说，红菊像一朵清新、朴素的野菊，那么，红菱真像是夏日荷塘里亭亭玉立、含苞待放的一支小荷。看上去，红菱还带着那么一点山村小女生的羞涩和腼腆。

因为红菱长得俊美，不久，就有一些年龄相仿的男孩子，有事没事的总是喜欢到理发店里来跟她搭讪。

有一次，红菊正在给我修剪头发，红菱在给另一位客人洗头，一个看上去比较阳光的送外卖的小哥，在店里磨磨蹭蹭的，跟红菱找话说。

红菊只是暗自发笑，没做什么干涉。我也正好乐得有一搭、没一搭地听着他们的交谈。

小哥问她："你吃饭了没，小妹？"

红菱答："还没，不饿，不想吃。"

小哥说："怎么能不吃饭？干吗不点个外卖，我给你送来。"

红菱答："你们那里的外卖太贵了，吃不起。"

小哥说："哪里贵了，都是这个价，你可以点个便宜的嘛！"

红菱说："肯定是你今天的任务没完成吧？"

小哥好像一下被红菱识破了，有点愧疚地笑着说："嘿嘿，还差5单，你点一个嘛！"

红菱说："好吧，就点个3块的。"

小哥乐颠颠地耍着贫嘴说：“好嘞，保证风驰电掣般给你送来。”

红菱也笑着回敬说：“快走吧你。”

只见外卖小哥风一般地“飞”走了。我跟红菱打趣说：“哟，红菱，小伙子看上去不错嘛，好像对你蛮有那个意思的。”

红菱说：“我才不稀罕呢，一点志向都没有！”

红菊挖苦她说：“还好意思说人家，就你有志向！”

大约不到一年吧，我再去理发店时，不见了红菱的人影儿。我问红菊：“你妹妹红菱呢？”

“跟那个送外卖的走了。”旁边一个男孩子口吻有点酸酸地说道。

“咋回事呢？”

红菊笑着说：“那个小哥不送外卖了，家里人给他投资，自己开了一家‘襄阳牛肉面馆’。他是襄阳人，从老家请来一个掌厨的，面馆生意做得还挺红火的。红菱到他那里帮忙管账去了。”

“那她和那个小伙子……”

“蛤蟆看绿豆——看对了眼儿呗！”还是那个男孩子，又抢着回答。

红菊白了他一眼："自己争不赢人家，现在酸溜溜地怪别个了？"

红菱去的那个襄阳牛肉面馆，离黄鹂路也不远，不久我就特意去吃了一次。果然看见红菱在那里忙前忙后的，俨然一个老板娘的感觉了。

看见我来了，红菱很高兴，为我点了一大碗牛肉面，还叮嘱我说，吃襄阳牛肉面，一定要搭配着吃几瓣生大蒜，襄阳人都这么吃。

没有看见那个小伙子，我问红菱："你男朋友呢？"

红菱笑着说："给人送外卖送习惯了，客人点了几份牛肉面，要求送到公司里去，他刚刚骑车给人送去了，一会儿就回来。"

牛肉面的味道真是不错。

红菱忙碌着招呼客人，光洁的额头上闪着亮晶晶的汗珠儿。但她看上去是那么得心应手、应付自如，正在享受着这份小小的创业的辛苦与快乐。

"叔叔，您觉得咋样？牛肉面味道好不好？"

"好，好啊！你们都是一些好孩子啊！"我像一个父亲疼爱自己的女儿一样，由衷地赞美道。

是的，幸福无论大小，都是依靠自己的双手，依靠自己一点一滴的吃苦和努力，才能奋斗和创造出来。红菱是这样，红菊也是这样。

三十年过去了，红菊已从当年那个只会洗头、吹头的细妹子，变成了店里的理发和美发师，而且有了自己富足的小家，已经是两个孩子的妈妈了。现在她的大孩子，都快要小学毕业了。

一到农忙或过年的时候，红菊还会回到老家，帮着干些农事。过年回家时她也没闲着，村里的妇女们央求着她，让她教她们跳广场舞。

红菊笑着跟我说："塆子里会跳广场舞的妇女，都是我亲手教出来的呢！有时候还要帮着村主任召集她们，练习舞龙。"

"红菊，你可真是你们塆子里飞出的一只金凤凰啊！"我由衷地赞美她说，"有知识，有见识，就是好哪！"

红菊的丈夫，也是她在理发店里认识的。他家是黄鹂路附近的那个"城中村"的。十几年前因为"城中村"改造，红菊刚过门不久，就分到了好几处"还建房"。后来，红菊把这些房子都出租了出去，光是房租，每月就可以收入不老少。

我跟红菊开玩笑说：“红菊，你现在变成‘土豪’了！”

“哪里，算我运气还比较好吧。”红菊淡淡一笑说。

红菊和红菱这一代年轻人，他们从山区、农村进入城市，虽然生活在城市的底层和角落里，但是他们没有虚度自己的年华。因为他们的脚步走得真实、踏实，所以他们不仅分担了这个时代的风霜和艰辛，也分享了变革的时代给每个人带来的进步和收获。

“叔叔，我和孩子们，是读着您写的儿童书长大的呢。”有一天，红菊一边给我理发一边说。

我对她说：“谢谢你，红菊。你给我理了三十年的发，你注意到没有，你是在一次次给我理发时，亲眼看着我慢慢变老的。”

戏曲里不是有这样一句唱词：“老了老了真老了，十八年老了我王宝钏。”何况是三十年呢！我满头的黑发已经变灰，曾经那么茂密的头发，也变得稀疏了。

但是，最让我感慨的，不是我自己的变老。我从红菊与红菱她们身上，看到了这个时代的一个侧面、一些投影，看到了这个时代为这一代农村孩子所带来的人生和命运的改变。

年少时我读过高尔基的一篇小说《卖牛奶的姑娘的故事》，

一直记得小说结尾的一句话：“人哪，无论处于怎样的境遇中，总不由得你不爱什么人或什么事物的。”

没有错，无论生活有多少艰难和不如意，真正能够让我们感到踏实、幸福和快乐的事情，还是因为我们珍爱生活，珍惜新来的每一个早晨，并且对未来的日子，永远怀有信心和希冀。

祝愿红菊和红菱这对小姐妹，还有那些来自山区、乡村小塆的年轻人，在我们日新月异的城市里，生活得更快乐一些、更幸福一些。

采春茶的日子

淡淡的晨雾渐渐消散，伴着一阵阵朗朗笑语，驻村队长召集过来帮忙采春茶的小媳妇们，一个个像仙女下凡一般，驾着飘绕的晨雾，袅袅娜娜，络绎而来。

清晨，牵着牛下早田的老爹们，看着垮子里突然出现这么多“仙女”，情不自禁地发出了至今还在幕阜山区里使用着的一些古朴的叹词：“噫，好矣！好矣哉！”

茶山的主人阿通伯，更是喜得合不拢嘴，笑着对骑着自行车赶过来的驻村工作队队长韩燕来说：“韩队长哟，你请来的采茶工，个个赛过仙姑！”

“阿通伯，必须的啊！”韩燕来也乐得“就汤下面”，笑着说，“待会儿，人家‘龙芽’公司的人过来一看，哇，这道春茶，都是‘仙女’们的纤纤玉手采摘下来的，还好意思跟你压价吗？”

“有道理，有道理呀！”阿通伯喜得整张脸像盛开的茶花，说，“韩队长，这就叫‘肥水不流外人田’咯！”

“仙女”们听了这番对话，个个也开心得不行，跟阿通伯说：“细爹哟，过午的饭菜，你得搞得有冷有热，扎实些哟！”

这里的晚辈，都喜欢把年纪不算太老又有一定辈分的同族的老人，亲切地称作“细爹”。

“放心，放心，满桌子的‘硬菜’，你们岔着吃，细爹啥时候亏待过你们咯？”

“岔着吃”就是不要拘谨，敞开吃、随意吃、管个够的意思。

在幕阜山区，每一年里，不论是第一次开园采春茶，还是采秋茶，都是十分隆重的时刻。茶园主人和请来帮着采茶的人，图的都是个吉利和热闹。茶姑们都是清一色的小媳妇。

如今的小媳妇，只要留在塆子里的，个个都当家做主，俊俏得很，也泼辣得很哩。当地人习惯地称她们为“茶姑”，当然含有敬意，仅仅是称谓上就“长了一辈”嘛。

年轻一点的细伢子、细妹子们，大都在外面念书，或去省城和外地打工去了，塆子里难得见到细伢子和细妹子们的身影。这也正是让韩队长感到苦恼和心痛的一桩事。眼下，要振兴乡村，要让幕阜山区的绿水青山变得更美、更富，塆子里没有年轻人，那怎么能行！

“再等等吧，留得茶山在，不怕飞不来鹧鸪鸟。”我在这儿采风的日子里，不止一次听这位年轻的驻村工作队队长讲道，“总有一天，也许不用太久吧，就会有细伢子、细妹子从外面飞回来的。”

日光照射出来了，轻柔的白雾也散得差不多了，满山的青翠更加透亮，漫成了一片浓绿。

“今年春茶的叶子发得比往年好，势头旺，怕是一天两天摘不完哟！”

“那不是更好嘛！要是真能摘上个十天八天的，阿通伯今年可是要发大财啦！”

阿通伯家这片茶园，从屋后的山脚，一圈一圈地往山头环绕，形成了一层一层的茶梯，一直环绕到了最高处的山包和崖尖。越往上去，越是云雾缭绕，一圈圈，一团团，一朵朵，一层层……满山满崖，青翠欲滴。

有经验的人都晓得，山崖高，云雾多，要日光有日光，要雨露有雨露，所以，市里那家名叫“龙芽”的茶叶公司派来的收茶师傅，一眼就看中了这座茶山，把每一道春茶和秋茶都给“包”了下来。

幕阜山的茶农们还有个说法：“早采三天是个宝，迟采三天是根草。”人与茶树之间，好像早就形成了一种默契：该来采茶的时日，你越掐，它们越是发得快、长得旺；如果种茶、采茶的人懒散，怠慢了满山的好茶树，错过了采茶的好时辰，那么，再想去采摘的时候，满园的青茶仿佛一夜间就变成了又老又粗的茶叶。

幕阜山区把开园第一天掐下来的头一道春茶，叫作“跑芽尖”。“跑芽尖”最好是采“一叶一枪”的，“两叶一枪”的也不赖。这里的“枪”，指的就是茶树上的春芽尖尖。

也不仅仅是幕阜山区，全国各地采春茶几乎没有不看重这头一道春芽尖尖的。所以人们给它们起的名字也那么美、那么生动形象，比如：龙芽、雀舌、雪芽、春芽、银毫、毛尖、玉露……反正是怎么美、怎么娇嫩就怎么叫。

茶姑们个个都是有经验的采茶巧手，心里皆藏着她们对娇嫩无比的茶尖尖的珍爱。看，茶姑们“跑芽尖”“跑”得多快、多轻盈啊！五颜六色的花衣裳，挡着春晨里的一层轻寒；她们灵巧的手指，像美丽的野雉点头一样，不停地啄着

看吧，“仙女”们的明眸皓齿，闪亮在茶梯深处；“仙女”们的红衫绿褂，闪现在淡淡的白雾里；一串串银铃儿般清亮的笑声，也像露珠一样，撒在了青翠的茶树间。

整座翠色欲滴的茶山。若是形容她们的手指像阵阵清风拂过了簇簇茶树，或似翩翩彩蝶飞过了层层绿茶梯，都不为过。一芽又一芽翠绿欲滴的新发的春茶，也像薤叶秋露、杏花春雨，飞进了她们的茶篓里。

“阿通伯，这是你家的茶园，恐怕你也未必晓得这座山的海拔高度，还有这里的常年平均气温吧？”韩队长笑着给我也给茶园的主人阿通伯介绍说，“不瞒你们说，我在这里驻队，对这一带的每座茶山和橘园都做了一些‘功课’，要搞乡村振兴，要带着乡亲们把幕阜山区建设好，不做这些基本功课，不行呀！”

“韩队长，你说来听听，我也给阿通伯详细记一下。”我赶紧打开了采访本子。

“据我所知，这片高山茶园，平均海拔在 500 到 700 米之间，常年平均气温有 15℃；平均海拔 700 米以上的，气温就低于 14℃。哪怕到了夏天，别的地方炎热得不得了，但我们这里，平均气温也只有 28.2℃；秋冬季节呢，哪怕是最冷的 12 月份前后，平均气温也在 2℃左右。可以说，春秋时气温凉爽温和得很哪！

“你们看，现在茶树上，早晨和夜里，还有一些霜露对不对？因为现在的时令还处在有霜期。这里每年平均无霜期有 210 天至 220 天；平均初霜日，也就是第一次下霜的时间，基本都在 11 月初；终霜日呢，就是最后一次下霜的日子，大致在 3 月底。阿通伯，掌握了这些数据，你就会懂得，这种独特的气候，保障了这里的山岭上有充足的雾气、霜露的滋养，加上山岭有一定的海拔，日光照射也充足，所以，这里非常适合小叶茶树的生长，特别有利于茶叶的发蔸……”

“韩队长，你真不愧是‘驻村第一书记’呀，功课做得这么详细！”阿通伯由衷地赞叹。

“这是必须的。要热爱家乡、改变家乡，先得熟悉这片水土嘛！光有地势、气温、日照、降水这些条件，还不足以让这座茶园长势这么好。”韩队长又笑着说道，“阿通伯，你是一位有经验的下田人了，你说不说得出来，我们脚下的这些泥巴，属于什么类型？有些什么特点呢？不瞒你说，这个我也特意找市里的土壤专家给化验了一下。咱们幕阜山区的土壤，学名叫‘黄棕壤’。‘黄棕壤’又分普通黄棕壤和山地黄棕壤。”

“那我们这里就是山地黄棕壤吧？”

“对头呀，山地黄棕壤的母质，多为花岗岩、片麻岩，土壤深厚度在1.5米以上，而且山地黄棕壤的有机元素含量高，土壤肥力和水土、空气的通透性比一般的土壤都要好。所以说，我们的脚下是一片宝贵的土地。这可不是一句简单的抒发感情的话，而是有科学依据的判断。再想想，这么好的一片土地和家园，我们不好好珍惜，不好好守护它、耕耘它，能对得起它吗？”

“阿通伯，平时您老给茶园施的最多的是什么肥料？”

“有时施些豆饼渣子，多半是发酵的稻子壳。”

“这就对了。我们这里的茶叶品质好，发蔸旺，不仅能采春茶，还可采夏茶和秋茶，除了前面说到的自然优势，还有就是您老舍得给肥料。豆饼渣呀，发酵后的稻子壳呀，还有鸡、鸭、豚粪什么的，都是很好的有机肥料。有了它们，就能保证青茶纯天然的‘绿色’品质。别看你家屋后这片茶园不大，看上去绕几层茶梯就到了绿山崖，要是管理好了，它就是一个绿色‘金窝窝’哪！”

“绿山崖倒是实打实的，‘金窝窝’可就不敢想咯！”阿通伯憨厚地笑了笑。

“要想的，要想的！”韩队长笑着说，“目前亩产量低，收益慢，要把规模性产业搞起来，难度不小。像这种青茶，属于高山野生小叶茶种，茶树叶子扎实。不过，谷雨前后的春茶，每亩的产量，我估计顶多也就十来公斤吧，整座茶山的头道春茶全采下地，产量也只有600公斤左右，确实还当不起‘金窝窝’这个名头。阿通伯，您老是老模范、老党员，今后还得搞搞‘传、帮、带’，争取把这一带的每个山头，都变成茶园绿崖，都变成‘金窝窝’咯！”

韩队长的话听来真是提气。阿通伯点着头说：“韩队长，有你带着乡亲们‘撸起袖子加油干’，你放心，我听你的，你说么样我就照着么样干咯。”

韩队长大笑着说：“阿通伯，不是听我的，我们都要听党中央、听国家的号召！”

马兰花开在湿润的洼地，水竹长在清亮的河腰。有雨雾、有日光的山崖下，哪有长不好的茶树？伴着山崖的云雾，伴着青翠的茶园，唱着清新的山歌和采茶戏长大的细妹子，哪有长得不好看的？

也许是采茶采得有点热了，这时候，有的“仙女”脱下了当工作服用的罩褂，只穿着薄薄的毛衫或秋衫，一个个看上去要多俊俏有多俊俏，要多精神有多精神。

看吧，“仙女”们的明眸皓齿，闪亮在茶梯深处；“仙女”们的红衫绿褂，闪现在淡淡的白雾里；一串串银铃儿般清亮的笑声，也像露珠一样，撒在了青翠的茶树间。不一会儿，从云雾缭绕的深处，从回响着银铃般笑声的绿崖那边，从那些不停地移动着的桃红色、粉红色和淡绿色的春衫之间，传来了声调婉转、响遏行云的山歌声……

百丈山崖千蔸茶，
阿姐山上采新芽，
身背茶篓头戴花，
采多采少早回家，
莫叫阿母心牵挂。

二月采茶春芽新，
采完春芽绣手巾，
两边绣上茶花树，
中间绣上种茶人，
望过一春又一春。

“一听就知道，这是洋港那边的赶五句子，美得很呀！”

我笑着对韩队长和阿通伯说道。

“我们这个镇子地域不大，可一个乡有一个乡的方言，一座山岭有一座山岭的山歌。”韩队长说。

“说得没错，‘蜈蚣岭的野麂子，不说老鸹山的泉水甜’。”阿通伯告诉我，“这句老话，讲的就是每个塆子都说自己的山水好，自家的山歌最好听。”

“是呀，我们这片山区，以前不也被人称作山歌和采茶戏的‘戏窝子’？可惜了，如今这个好名声被辜负了。”

“这么说来，你肩上的担子还很重哟，应该想法子，早点把这个好名声恢复过来！”我望着韩队长，目光里带着几分期许，说，“乡村振兴，先得振兴文化，不是吗？”

“是呀，搞扶贫的时候，我们就常把先扶‘志’和先扶‘智’挂在口头上，这个道理我能不懂？这个志向的‘志’和智慧的‘智’，说到底，不就是文化吗？要把山歌唱起来，把采茶戏唱起来，而且还要唱得更红火些，没有年轻人，怎么行？怎么能振兴呢？所以，还得赶紧栽好满山的茶树，把早些年一茬一茬飞出去的那些‘山雀子’‘鹧鸪’‘画眉鸟’再吸引回来呀！”年轻的工作队队长望了望远处连绵的山冈，说，“虽然困难不少，但总得有人去做吧。”

这样说着的时候，从远处那一层高过一层的茶梯深处，从一团揉着一团的云雾里，又飘过来一串歌声……

喝了新茶谢鲜茶，
谢了鲜茶谢主家。
主家门前有口井，
井里住着金蛤蟆。
细哥细妹来打水，
打上清水煮青茶。
煮得青茶敬贵客，
喝了鲜茶谢鲜茶。
茶在云崖雾里长，
柴是月中桂树杈。

歌声飘过茶山的时候，从山下也飘来了炊烟的气息，夹带着隐隐约约的饭菜香气。不用说，到了要“过中”的时辰了。幕阜山人把吃午饭叫“过中”，也叫“喝中茶”。更有意思的是，这一带把烧火做饭做菜，称作“舞饭舞菜”，不知道这是怎么想出来的。

“仙女”们在茶山上采茶、唱歌；阿通婶和请来帮厨的，在山下“舞饭舞菜”，也算是载歌载舞、雅俗共赏了。当然啦，就像阿通伯吩咐过的那样，满桌子的“硬菜”是少不了的。俊俏的“仙女”们个个身材袅娜是不假，但吃饭还是更欢喜吃点“硬菜”的。

这会儿，层层绿茶梯伸向山崖，在淡淡的白雾里忽隐忽现。桃红色、水红色、淡绿色的春衫一闪一闪，劳作了一个上午的“仙女”们，要下山“喝中茶”啦。

鹧鸪飞过茶山去

一

二月兰盛开在静悄悄的崖畔，水柳生长在蓝幽幽的河腰。清清的富水河，是幕阜山儿女们的母亲河，无论春夏与秋冬，都会穿过淡淡的雨雾和冷冽的风雪，从山涧深处流淌出来，弯弯曲曲，绕过一个个像水车轮子一般的村子，滋润着两岸的人畜、庄稼与草木。

早春时节，在满山鹧鸪、竹鸡和布谷鸟的啼唤声中，我回到久别的幕阜山区，来参加过去一位老房东家的细妹子的婚礼。

二十多年前，我大学毕业后，被分配到湘鄂赣三省交界的幕阜山区，在鄂南的阳新县人民文化馆工作过多年。我当时的工作，就是深入幕阜山中的穷乡僻壤去搜集民间故事、歌谣和采茶戏唱本，也给一些乡镇文化站和乡村小剧团修改戏本，做一些创作和演出的辅导。这种身份当时就叫“文化辅导干部”。

说起那时候的县文化馆，条件虽然简陋，却也其乐融融。一个小小的院子里，住的全是“文化人”，搞民间文学、民间音乐的，唱采茶戏的，搜集民间手工布贴画的，八仙过海，各有专长。

那时候经常要下乡做文化辅导。每天大清早，馆长就会站在院子中间，像生产队出工一样吹哨子集合，然后分配任务。

馆里那些破旧的房子，全都是只隔形不隔音，各家各户声气相通，一家的事儿，几乎就是公共的事儿；一家来了客人，几乎就是全馆里来的客人。

那时候经常带我进山的，是一个在幕阜山区长大的细妹子，叫肖冬云。冬云还不到 20 岁，看上去还像个中学生。

她是采茶戏辅导组的，平时很少住在文化馆里。我是民间文学整理组的，大概是馆长觉得我有点“文才”，可以帮冬云修改修改采茶戏本，所以就把我分配到她手上，让她带着我进山。

“徐哥，这个月我住在潘桥和木港一带，你去不去？”

“那还用说？去！潘桥我还从来没去过。”

“那里可苦了，你受不受得住？那里也不通车，要回到镇上，全靠步行咯！”

“有你在，我还怕饿死呀？放心吧，我没那么娇贵的，也迷不了路的。”

于是，我就打起背包，背起军用水壶，背包上还插着一把硕大的黄色油纸伞，跟着肖冬云出发了。

那时候大家都是那么年轻，又都是单身，没有任何牵挂，有的是热情和力量，人在哪里，“家”就在哪里。

当时，有一些偏远的小山村还没有通上电，需要走夜路时，房东老乡就会举着松明子火把或点上“罩子灯”，给我和冬云引路和照明。

翻山越岭走累了，呼啸的山风为我们擦拭汗水。饥了饿了，走进任何一户人家，都能吃到热腾腾的、散发着柴火气息的锅巴饭和老腊肉；渴了就猛喝一顿山泉水。

幕阜山区到处是高大的楠竹林和青翠的茶山、茶园。山乡儿女在采茶、栽秧的劳动中，喜欢唱山歌和田歌自娱自乐，彼此唱和，渐渐演化成了“采茶戏”。

茶林深处，你唱我应，山歌互答。这是一种清新、朴素的劳动之歌和乡土之歌，唱本和曲调里都散发着山茶花和泥土的芬芳，表达着山乡儿女们诙谐乐观的生活态度和人情怡怡的美好心地。

最早的采茶戏只有生、旦、丑三个角色，也称“三小戏”，以唱为主，辅以简单的插科打诨式的道白，基调是抒情、清新和快乐的。后来有了职业艺人加入，专门的采茶戏班子开始形成，而且渐渐有了完整的戏本、唱腔和表演程式，采茶戏也从茶乡村野走进了县城舞台，有了正式的采茶剧团。

肖冬云年龄虽小，却是采茶戏的“行家”。她也特别愿意和我搭档，平常下乡驻队采风，总是喜欢带上我。在幕阜山民间民俗文化这个领域，她是我真正的老师。

幕阜山区里有很多她的“老堡垒户”，她吃的也是“百家饭”，无论走到哪个村子塆子，都有地方住下。几年来，她独当一面，从这村到那村，足迹踏遍了山山岭岭，为一些乡村小剧团排练上演了《杏儿记》《大夫断案》《状元和乞丐》《白罗衫》《玉堂春》等十几出采茶戏。逢上春节、三月三、端午、六月六、中秋等节日，小剧团的锣鼓一响，顷刻间传遍山山岭岭。年轻后生们兴高采烈，婆婆爹爹们也欢天喜地，牵孙抱凳，相携出门。只要小剧团一来，再偏远再寂寞的村子，也顿时红火和“闹热”了许多。这里把“热闹”说成是“闹热”。

木港镇里有个小村叫辛田畹，辛田畹的阿通伯，就是冬云和我的一个“老堡垒户”。我们每次到这一带做辅导，都住在这位老房东家里。阿通伯和阿通婶家里有三个女儿，最小的细妹子叫杏儿，那时杏儿还是个小丫。

现在，杏儿长大了，已到出嫁年龄了。我这次回幕阜山，就是因为接到了阿通伯和阿通婶托人送来的杏儿的喜帖。

好多年没有看见他们一家人了，说实在的，真有点想念他们哪！当然，在心里，我更想念的一个人就是肖冬云。

二

三月天是鹧鸪天。眼下正是农人犁水田的时节，山雀子噪醒的山乡，满山回响着布谷鸟的呼唤、鹧鸪的啼鸣、竹鸡的呢喃。

还是那一片片杏林和楠竹林，还是那一抹雨烟笼罩的茶山，可就是见不到几个人影。

“从省城里来的啵？好矣，来这里接接地气，好矣！”

走过了好几个塆子，才碰到一位犁田的老人，向我打着招呼。我仔细一看，认出了他是谁。

“陈老爹，您认不出我了？我可认得您啊！”

“乃是……”陈老爹走近过来，端详了一会儿，突然咧开了牙齿快要掉光的大嘴，“哎呀，乃是早些年常来这里的小徐老师？”

“正是我呀！不过早就不是小徐了。陈老爹身体还那么硬朗哪！”

“身体塌了，活路都做不成了。”

这里的方言里还保存着许多古雅的字音，例如把“玩耍”称为“戏”，把“穿衣”称为“着衣”，给客人添加酒水叫“斟酒”，甚至称“你”为“乃”，称“我”为“阿”或“吾”，称“他”为“其”，把“树叶”叫作“木叶”。

这里的农人们在犁田或插田的时候，还会演唱一种有趣的插田歌，名字叫“落田响”，也是采茶调的源头之一。早晨下田唱《走下田》《海棠花》《怀秧》《放牛》，上午下田唱《赶王鹰》《打花歌》《挖百合》《割猫》《采茶》，下午下田又唱《谢茶》《消条》《喊福》《收牛》《游船》

等。通常会由一位演唱技巧比较高超、在村子里有些声望的插田能手作为率领大伙合唱的人，大家都尊称他为“歌师”。当歌师唱道：“太阳出山（罗火火），（罗）支（罗）花（哦火火火火火火火火火火）……”大家便齐声接唱：“海棠花（罗火火火火花耶）！”长长的一支“号子”唱完了，一片水田也就插完了。

这时候，从村头挑秧过来的女孩子们，也会亮开歌嗓，接着田间的号子唱出她们的“贺彩词”，为那些能干的小伙子喝彩鼓劲：“福矣（嗨）！秧苗冲禾（哇嗨）！秧苗开张（哇嗨）！”

贺彩词里充满了吉庆和感恩的意思。小伙子们受到了她们的恭维和鼓舞，又不知道从哪里来了那么多的力气。这些插田的年轻人啊，只要村里的女孩子们高兴和平安，他们就是再苦再累，也是幸福的呀！

那时候，肖冬云就时常“翻译”这些用方言唱出的贺彩词给我听。那种劳动场面也真是“闹热”。年轻的山乡儿女们在早春的水田里欢笑着、忙碌着，特别是那些小伙子，只要有女孩子们在他们身边，他们的秧苗就插得又快、又直，田歌唱得也更加响亮。

可惜的是，现在村里的年轻人都到城里做工，寻找自己的未来去了，村里几乎找不见一个年轻人了。

我问眼前的陈老爹：“老爹，现在犁田，怎么不唱‘落田响’了？”

陈老爹笑笑说：“做田的人少了，没人客，唱不起来了。”

“现在的年轻人还会唱不？”

陈老爹叹了口气说：“有星不能照月，难为煞了。”

这意思我听得懂：人都在，歌却恐怕都不会唱了。

“老爹，我跟您打听一个人，您还记得肖冬云这个细妹子不？”

“哦，你说的是冬云哪，演采茶戏的那个女伢子！记得其记得其。”

“知道她现在在哪里吗？”

“好多年没进山来了，听说也到外地打工去了。细妹子的心，可伤透了，再也不肯来了……”

是的是的，其实我早知道，肖冬云不在这里了。我只是想问问看，他们还记得肖冬云不。

那年月，冬云不仅会排戏，会给村里的男女演员化妆，还会记录和整理唱本，能背得出十几台采茶戏的小戏本。

茶乡的人们爱看采茶戏，戏里自有他们的爱憎与忧乐，有他们自己的是非观和审美观。一台戏哪怕反复演上了几天几夜，乡亲们仍然会百看不厌。

有年冬天，冬云带着我住在沙地村。冬云给他们排演了一台《墙头记》。

寒冷的夜晚里，全村老老少少，热热闹闹地聚集在村中的大祠堂里，木板楼上的戏台装饰得花花绿绿。戏台的前面，早已经挤满了叽叽喳喳的孩子们，还有一边手提着火炭罐，一边摇着小孙孙的摇箩的婆婆和爹爹们，全村人高兴得像过年一样。

事不凑巧，晚上停电了，但戏还是照演不误。小伙子们很快就找来了大大小小几十盏水石灯，演员们就在一盏盏水石灯的灯光下袅袅娜娜地出场了。这出戏说的是两个不孝的兄弟，还有他们各自的媳妇，把老了、不中用的老爹赶出了家门。接着又听说，老爹有些私房银子，埋在哪儿哪儿，便又纷纷抢着老爹，又是捶背，又是揉腿。老爹不久后死了。两兄弟断定银子是埋在墙角，便又与各自的媳妇一起披星戴月地挥锄挖墙，最后四人都被压在了墙下大喊救命……

对于山乡的人们来说，这样题材的小戏，有着最直观的道德风习训诫意义和讽刺意味。台上唱的做的，都是有板有眼，台下时而鸦雀无声，时而掌声笑声哄成一团。一出小戏，使艰辛的乡亲们忘记了忧愁和不愉快的一切，甚至邻里之间偶尔的口角和恩怨。他们拥坐在一起，就像一个和和睦睦的大家庭，他们在自己的文化之中感到了无比的享受和陶醉。

当然，他们也从心底里感激和疼爱为他们带来欢乐笑声的小肖姑娘。不论到哪个村里排戏，村里的婆婆婶婶都待冬云像自己的女儿一样。进村时，村里人放着鞭炮敲着锣鼓迎接她；出村时，婆婆婶婶拉着她的手、抹着眼泪舍不得她走。有时候是老村长亲自带人开着拖拉机到邻村来接她，或把她送到邻村去。

肖冬云也十分尊敬和感激这些朴实善良的好乡亲。白天里，她和村里的年轻人一道，在山上、田里干这样那样的农活儿；中午和傍晚的时候，她坐在河边和村里的小姐妹们一起欢欢笑笑，替一些年老的婆婆爹爹洗被单和衣裳；晚上就组织年轻人咿咿呀呀地排戏到深夜。

无论是到了哪个小村里，乡亲们都争着让她去自己的家里吃、住，孩子们也常常拿着自己舍不得吃的鸡蛋、红枣和冬米糖，悄悄塞进她的口袋里。

临近春节的一天，我正坐在阿通伯家的堂屋里，守着一盆炭火修改戏本，阿通伯气喘吁吁地跑进来说：“徐老师，不好了！你快去想想办法吧，看样子要动手了！”

“怎么回事？动什么手啊？都什么年代了！”我心里一阵紧张。

我知道，山区里有些地方还残留着不同宗族之间的“械斗”陋习。下乡前，老馆长在这方面没少提醒过，说是万一遇到这样的事情，辅导干部也有责任做好宣传和劝解工作。

“不是你想的那样，是要动手抢人了喂！”

阿通伯一边拉着我往桃林村那边跑，一边给我说了实情。

原来，这几天里，冬云正在给桃林村排戏。两天前，石下村就派来了一辆拖拉机，说什么也要把她接走，说是原定的时间到了，桃林村不能再赖着不让她走了。结果，两个村公说公有理、婆说婆有理，各不相让。

据说，这两个村过去还真的有点宿怨，关系一直疙疙瘩瘩的。年轻人也是气盛，两句话没有说好，就准备动手抢人了！怎么办？搞不好还真有可能引起“全武行”呢！

肖冬云这个时候已经没法劝说双方了，只好赶紧让阿通伯找我过去。办法只有一个：赶紧给县里去电话，请求文化馆连夜再派个辅导老师来，一个村一个，方才给冬云解了围。

也就是在这一天，冬云的家里人托人带信来说，她的阿母正生着病，盼望她赶紧回家一趟。

家里人只知道这些日子她住在哪一带，却不知具体是在哪个村里，所以已经打听着找了好几天，总算是找到了。

可是，眼下刚刚化解了两个村的矛盾，这个时候冬云哪里走得了呢！最后，她只好忍着眼泪决定不回去，在心里为阿母祝愿，请求阿母原谅。她知道，眼下这两个村里的剧团是多么需要她！

“冬云，你这样没日没夜地在山区里跑哇排的，不觉得苦吗？”

我实在是忍不住，这样问过她。不过，话一出口，我就觉得问得可笑了。可是冬云仍然认真地回答了我：“当然觉得啦！好多剧团的演员都是从未演过戏的细伢子、细妹子，出场、亮相、甩袖子、走边、打台板，一样样的全得靠手把手地教他们。有的细伢子背台词叽里咕噜像喝稀饭，我得一句一调地教着他念。有的戏，我自己也没学过呀！”

后来，我慢慢弄明白了，肖冬云刚被县文化馆招聘进来时，也只是参加过县里举办的两次戏曲表演培训班，自己上台都觉得困难煞了，想要给别人排戏，就更费力气了。

没有办法，她自己只好先躲到没有人的地方去练习好。每次到县城里去，她就特别留心图书馆里的戏曲画报和街上放的戏曲录音。

“徐哥，说起来，真的不怕你笑话，有时到镇里能看到电视，碰到戏曲节目，我恨不能让他们再放两遍。有时候想想，自己都觉得没有信心了，可是再一想，那么多的村剧团，都指望着我们去呢！我不去，他们就会解散了，一旦解散了，要想再聚拢起来，可就难啦！没别的办法，只好咬咬牙，多学一点，多练一点……”

说到这里，冬云苦笑了一下。那神色，看了真让人心疼。

三

通往阿通伯那个村子的山路，一点也没有变。腐叶铺成的山路上和田埂上，仍然有小野猪们走后留下的一串串蹄窝。每一个小小的蹄窝里，都有一团美丽和清亮的积水。抱窝的竹鸡和斑鸠，正在远处的灌木林里咕咕地发出声音；野鸽子也在远处呼唤着同伴，它们的叫声里充满了温情……

我知道，我走的这条小道，当年冬云带着我，不知道走过多少次。有一次，在她出生的那个小村旁，我们在一条潺潺的小溪边坐下休息。她伸出双手放在春水里，轻轻撩起一串五彩的小水花。

我问冬云：“以后日子还那么长，还会这样干下去吗？”

她没有回答我。但从她的眼神里，我看出，她是十分热爱自己所做的一切的。她知道，古老的山乡还多么需要那欢乐的锣鼓声和“闹热”的笑声；村里的细伢子、细妹子也多么希望，能有越来越多的文化活动，这比“修长城”和“抓子儿”的消遣更能够吸引他们。

是的，温柔、朴实的小肖姑娘，还有那些喜欢唱采茶戏的细哥、细妹，他们都是幕阜山的儿女，是幕阜山用红薯、板栗、扁担、风霜养大的，是幕阜山用“落田响”、采茶戏和山歌小调养大的。他们就像这里的二月兰、水柳、楠竹林、茶园一样，怎会轻易地离开这里！

那时候我总是这样想。

有一次，从山区回来后，一回到文化馆里，我就给馆长和几个副馆长反映，应该帮助冬云解决一些实际困难。

我知道肖冬云心中的苦恼和忧愁。虽说她也算是文化馆招聘的辅导员，可是，文化馆里没有她的宿舍。哪怕有一间能为她放一张歇身小床的地方也好呢！可是没有。

每次她回到文化馆，需要住上一两个晚上时，就只好跟别的女孩子挤着睡，凑合一下。她一年四季都在行走，住宿在山区的村庄里。文化馆的工资表上也找不到她的名字。文化馆里规定，每个被她辅导的剧团按照“出工天数”付给她每天两元的生活费。

但乡亲们都待她那么亲切，善良的小肖哪好意思开口要呢，更不用说解决她的农村户口问题、发给她其他福利补助了。

一个已经十八九岁的女孩子，不该想到这些吗？可是让她向谁说起呢？她从没有向谁诉苦过。唯一的一次，她告诉我：“徐哥，谢谢你为我说的话。文化馆的领导和老师们都待我很好，我很感激他们……”

“可是，我什么也没有为你争取到。冬云，要不，我把我那间宿舍让给你吧？我去我同学家住，我是男的，方便一些。”

“那怎么行呢！你每天晚上要写文章，还要为我们改剧本，没有一间安静的屋，怎么行呢！”

冬云说着，眼睛好像都湿润了。我在心里悄悄一叹，多好的姑娘啊！她就像幕阜山中青青的楠竹一样，和四季的风霜雨雪一起，和一簇簇散发着药香的野菊花一起，和那些临冬的苦荞一起，和山乡人家里飘不散的山歌与炊烟一起，在这幽深而多雾的山冈和山谷间，以自己坚强、蓬勃的进取之心，守望着自己的乡土，热恋着家乡的文化。

可是，谁能想到，有一天，不仅是肖冬云，还有这里几乎所有的细哥、细妹，都不愿意再待在这里，都远走他乡了呢！

见到了阿通伯和阿通婶，我首先问起的就是肖冬云。

“当初的那些小剧团不是演得挺红火的吗？怎么说散就散了呢？你们也真舍得让小肖走呀？”

“唉！哪个舍得让她走呢！可是她不走，又能有么子法子！”

阿通伯告诉我，附近这些村里的细哥、细妹，稍稍长大了一点，谁也不愿意再待在家里了，都跑到县城、省城和更远的地方打工去了。先出去的，每回来一次，就会再带走几个细伢子，现在剩在村里的，都是七老八十的老人了……

“村里没有了年轻人，采茶戏也就演不成了……”阿通婶一边张罗着我吃糖果、吃瓜子，一边也惋惜地说。

“没过几年，各村里的采茶戏小剧团，也一个接一个地解散了。每解散一个剧团，冬云就伤一次心……”

“到最后，把姑娘的心彻彻底底给伤透了，她就再也不肯来了！”

“后来，冬云自己也坐上火车，去了广东，听说在中山的一家厂子里做工，真委屈这个好女伢了……”

听阿通伯和阿通婶这样一说，我的心里有一种被揪痛的感觉。

高高的楠竹林还在，青青的茶山和茶园还在，为什么会一下子变得这么空旷和安静呢！为什么再也看不见那些明眸皓齿、笑语喧哗、山歌互答的年轻人了呢？

四

风静了，鸟栖了，月儿升上东山了。

雾起了，星亮了，根根红烛点燃了。

细妹子的出嫁之夜，总算使已经十分冷寂的小山村，又有了一回“闹热”。

幕阜山一直保留着“哭嫁”的习俗。一个小姐妹要出嫁了，全村里的其他小姐妹，只要能从外面回来的，都赶回来了，热热闹闹地聚在一起，整整一夜都要陪坐、陪睡，陪哭抒怀。

不仅小姐妹们之间会开怀大哭，而且母亲哭女儿，女儿哭母亲，父亲、兄弟、姐妹都可以歌哭相诉，这叫“喜哭”，有几多热热闹闹，又有几分依依不舍。

我和满面喜气的阿通伯坐在火灶边，一边听着堂屋里细妹子们的嬉闹声，一边看着他把那炖肉的火拨弄得旺旺的，这叫“红红火火”。

细妹子是阿通伯的幺女，也是全村人都疼爱的细妹子，如今也要嫁到县城里去了。

此时，细妹子正被一群打扮得漂漂亮亮的小姐妹围坐在堂屋中间，红红的烛光，无处不在的大红喜字，把她的脸蛋儿映成一朵红山茶，“红山茶”四周又宛如开满了“木槿花”。

屋门口拥挤着一些更小的细伢子，正在纷纷抖落着那充满好奇和满足的欢笑声，有的还咧着那缺着门牙的大嘴……

晚风习习的院子里，坐满了一边喝着香茶，一边吃着瓜果，又一边谈着今年收成的邻里乡亲。

也许是想到了大女儿、二女儿出嫁时的节俭与寒碜，眼前又是明天就要生生离开自己的幺女，刚才还在里里外外地大声地张罗着，大把大把往八仙桌上撒着花生、栗子和糖果的阿通婶，突然间就进入哭嫁的情境，率先扯开嗓门儿哭开了。

是呀，女儿们都是自己在艰辛的日子里用呵斥、用巴掌甚至用挑猪草的竹扁担和打板栗的竹篮子养大的。这些年来的日子刚刚顺心了，孩子们却一个个都要离开这个家了……想一想，怎能不伤感呢！

阿通婶用的是“花腔女高音”，一声声的哭诉催人泪下。

我还记得，阿通婶当年也是喜欢唱采茶戏的。只要小肖来排戏，阿通婶总会要求演个角色的。

有一天白天在谷场上演戏，阿通婶用采茶戏的曲调演唱现代戏《沙家浜》中阿庆嫂的“风声紧，雨意浓”那一段。可是天公不作美，阿通婶化好了妆，刚上台唱出“风声紧，雨意浓”这半句，突然，谷场上滴答滴答地落起了雨点。

台下的人们，少不了要慌里慌张地赶着去收拾晒场上的东西。阿通婶站在台上，也赶紧摆手让拉琴的、打鼓板的暂停一下，然后高声吩咐站在台下看戏的阿通伯：“阿通，快去把衣裳收回家，还有隔壁二娘家的被子，一起收了……”

吩咐完了，阿通婶不慌不忙，又示意拉琴的和打鼓板的继续，她接着那没有唱完的半句又唱起来："风声紧，雨意浓，天低云暗，不由人一阵阵坐立不安……"

现在，阿通婶把唱戏的嗓子又用在哭嫁上了："呜……崽哎……心肝哟……我崽做女受尽了苦啊，冇把你做个女伢看啦……"

那些迟早都要出嫁、都会离开自己亲爹娘的细妹子们，一个个听着听着，泪泉便再也堵不住了。于是，悠悠的哭嫁之声就像幕后的合唱声，渐渐升起，也渐渐趋向了整齐……

她们一个个都在趁机歌哭着自己隐秘的心事，歌哭着二十多年来的小姐妹们的情意，歌哭着自己不久的一天，也将临近的出嫁时刻……

我仔细分辨着这哭嫁的歌声："……上身穿件花布褂吔，下身穿件花布裙。阿母哟！一向给我做得如如意意，阿母操碎了心吔……"

哦，哭吧，哭吧，开怀地哭吧！这些淳朴的山村细妹子也许还不知道，她们今夜还将哭出一个就要做娘的女儿来。

憨厚的阿通伯又给客人们殷勤地续了一遍茶水。不知什么时候，他也开始坐在院子一角，狠劲地抖着自己的双肩了！他仿佛在一瞬间变得老了许多。是呀，在这些曾经何其艰难和偏远的山村里，做爹的实在也是不容易呀！

细妹子还在呜呜地哭。当小姐妹们的哭声渐渐告一段落了，她那甜甜柔柔、颤颤悠悠的哭声还在继续：“……阿母哟，别人嫁女踩煞了路边草，阿母嫁女哭煞路边人哟……我到人家去一定听娘的话，要跟我娘争口气哟……”歌哭声里，真的是充满了即将离家的歉意与感恩。

我想象着，这些平日里虽爱傻疯却又羞怯的女孩子，她们是什么时候又是怎样学会的这些哭嫁的习俗的呢？这可是幕阜山区古老的文化习俗呢！她们已截然不同于她们的母亲那一辈人了。我似乎能够感觉到，她们那自由发挥着的哭嫁声里，早已掺和进了几分流行歌曲的旋律了。她们都是这块艰辛的土地好不容易养大的好女儿。她们更是这个正在走向新的岁月、新的生活的山区未来的母亲。幕阜山的新一代孩子，将从她们的怀中孕育。

这样想着的时候，堂屋里又传来了细妹子们一阵阵脆生生的笑声。这爽朗的笑声，好像要把这春夜里的小山村四周所有的星星都点亮，把整个幕阜山的夜晚给闹成白天一样。

“如果……”我捅了捅阿通伯的肩膀说，“如果这时候，肖冬云也在这里，该有多好哇！”

“谁说不是呀！细妹子和她阿母都很想冬云回来，喜帖也早就托人带去广东了，不知道她是不是收到了……”

隔着一座座远山，我听见，布谷鸟还在不知疲倦地、一声声地殷勤呼唤着。布谷鸟也是在呼唤那些远去的年轻人快快归来吗？

清清的富水河日夜流淌着。二月兰盛开在静悄悄的崖畔，水柳生长在蓝幽幽的河腰。布谷鸟唱累了，还有满山的鹧鸪、斑鸠和竹鸡再接着啼唤……

鹧鸪飞过了青青茶山。可是，我熟悉的那些采茶山歌、那些采茶戏小剧团，还能再回来吗？我在心里牵挂和想念的细妹子肖冬云，你在哪里呢？

2016年农历谷雨，鄂南

洞庭湖畔摆渡人

傍晚时分，老艄公驾着渡船，把几个进山砍毛竹的山里客送过了桃林河，然后回来接我和细伢子，到附近的一条汊港里去帮他收罶（liǔ）床。

罶，就是捕鱼的竹篓子，也叫罶床。洞庭湖一带老一辈渔民保留下来一种古老的捕鱼方式，叫作“踩罶”。有经验的渔民会利用江河、湖泊、汊港、塘堰的地势和水流方向，在水下设置好罶床。清晨设置好了，傍晚就来收罶床，也叫“起篓子”。这种古老的捕鱼方式，在《诗经·小雅·鱼丽》里出现过：“鱼丽于罶，鲿鲨。君子有酒，旨且多。”鲿与鲨，都是鱼名。这几句诗大意是说：鱼儿钻进竹篓里游啊游，有的鱼儿比较小，有的却是肥美的大个头。好客的主人家里，还有味道醇厚的、喝不完的美酒……如今，这种古老的捕鱼方式，几乎要失传了。

洞庭湖及周边的河湾港汊里鱼类繁多，有草鱼、鲫鱼、鲤鱼、青鱼、鲢鱼、鲶鱼、鳜鱼、黄颡鱼、鳝鱼，当然还有河虾、螃蟹、泥鳅等。老艄公今天的运气算不错，收获了大半篓子的草鱼和青鱼，还有十来条黄颡鱼。“细伢子蛮有口福，今夜叫娭毑（āi jiě）给你和叔叔做黄颡鱼煮豆腐吃咯。”老艄公眉开眼笑地说着，麻利地收了罾床。娭毑，是洞庭湖人对年老女性的尊称。这里指的是细伢子的奶奶。一阵欸乃，合着秧鸡和“水葫芦”等水鸟的鸣叫，小小渡船在玫瑰色的晚霞里返回了渡口。

山月当空，江声浩荡。像往常一样，一到夜晚，老艄公就在渡口生起一小堆渔火，噼啪作响的渔火上架着小小吊锅，吊锅里煮着沸腾的江水，也煮着满湖畔的月色。渔火驱走了夜晚渡口的潮雾寒气，也像在告诉那些正在河对岸赶着夜路的山里客——这里有一个朦胧的家，有一个可供你歇一下脚、喝一口热茶的地方；这里也可以供你坐下来，烘烤一下被草露和夜雾打湿的裤脚和鞋袜，顺便也倾吐一下心里的苦楚，交流一下明天的方向……

洞庭湖一带，湖连着湖，江连着江，河湾连着河湾，汊

吃完了娭毑做的味道鲜美的黄颡鱼煮豆腐，还有美味的腊肉豆豉锅巴饭，我和这一家爷孙三口坐在渔火前闲话，披着朗朗的山月，喝着老艄公煮的泡姜盐豆子芝麻茶，也听着峡口那边不时传来的呼啸的风声。

港连着汊港，没有船可怎么行呢！修桥是修不过来的。所以，当田地和田地被水分割了的时候，当道路和道路被汊港截断了的时候，渔民们最便利的交通工具就是船只。有船的地方，就会有渡口。所以，洞庭湖四周，到处都是大大小小的渡口。

算起来，老艄公在这个名叫“花狗渡”的渡口已经生活了一个甲子。他在少年时代跟着祖父、祖母和父母亲，从湘江畔的捞刀河老家，迁到洞庭湖边的浮陵矶居住了下来。他的祖父和父亲都是撒网打鱼、收割芦苇的好手；渔船空闲的时候，也会摆摆渡，送南来北往和遇到点急事的人过湖渡河。老艄公还是细伢子的时候，就跟着祖父和父亲早早学会了洞庭湖的打鱼人大都要掌握的那些谋生技能，撒网、踩罶、割苇、撑船、摆渡……样样都在行。

老艄公养着一条大花狗，花狗朝夕都在桃林河边和主人做伴，形影不离——渡船上，汊港边，苇林里，风里雨里，下雪天。日子久了，这里本来的名字“桃林渡”渐渐没人叫了，人们更喜欢叫它“花狗渡”。有时候，要渡河的人来到这里没有见到老艄公，却总能看见那条花狗守在这里。花狗一看到有人来，先是哧溜一下不见了踪影，不一会儿，就又欢跑着回到渡口，紧跟着，老艄公也回到了渡船前。

因为是周末，在镇上念书的孙子特意带着书包和作业，来渡口看爷爷和花狗。吃完了娭毑做的味道鲜美的黄颡鱼煮豆腐，还有美味的腊肉豆豉锅巴饭，我和这一家爷孙三口坐在渔火前闲话，披着朗朗的山月，喝着老艄公煮的泡姜盐豆子芝麻茶，也听着峡口那边不时传来的呼啸的风声。

花狗依偎在老艄公脚下，好像也在对着渔火想自己的心事。花狗会有什么心事呢？它是在想念自己的妈妈和兄弟姐妹吗？

细伢子坐在渔火边，就着一盏风灯的光亮，俯在一张小木桌上写作业。作业写完了，又开始小声背诵古诗。细听他的背诵，原来是清代诗人查慎行的那首《舟夜书所见》："月黑见渔灯，孤光一点萤。微微风簇浪，散作满河星。"诗写得挺美，好像描绘的就是眼前的光景。

听老艄公夜话，实在让我大长见识。洞庭湖的渔民把江边那些突出来的岩石或石滩，都叫作"矶"。城陵矶是洞庭湖中最大的一个矶，但当地渔民们更喜欢叫它"浮陵矶"。这是为什么呢？原来，老一辈洞庭湖人下湖行船时，有不少禁忌的话是不能说出口的，比如姓"陈"或姓"程"的，连带其他与"沉"字有相似发音的字，像"城""成"这些字，都不能说出口，一律都要改为和“沉”的意思相反的“浮”字。所以，“城陵矶”就被渔民们叫成了“浮陵矶”。

“从岳阳城下逆水行船，沿江向上走一百来里水路，就会看见一座垒石山。山对面有个塆子，当地人叫它‘秦琪望’。我十几岁初来浮陵矶，就住在那个塆子……”老艄公简直就是洞庭湖的一部古老的百科全书。风里来雨里去，大半辈子过去了，什么事情他没有经历和见识过呢？八百里洞庭湖，收藏了老艄公多少酸甜苦辣的记忆！

“老爹，罶床我算是见识过了，听说洞庭湖一带的‘迷魂阵’也非常出名？”我一边用敞口碗喝着泡姜盐豆子芝麻茶，一边又询问道。

洞庭湖人常喝的茶有两种，一种是泡姜盐豆子芝麻茶，又叫“六合茶”，主要原料是生姜、盐、黄豆、芝麻和茶叶；另一种叫“泡椒子茶”，就是把从茶椒子树上摘下的小果实晒干了，和茶叶一起冲泡着喝。“洞庭湖一带湿气重，天又冷，喝了这泡姜盐豆子芝麻茶和泡椒子茶，又驱寒又去湿。”老艄公一边舀着吊锅里烧沸的水给我泡茶，一边介绍说，“你把碗里的椒子和茶叶一起细细品嚼，味道更好，可驱寒咯！穷乡僻壤的，没有什么招待贵客，您就多喝点热茶暖和暖和，解解乏咯。”

对于现在的世道人心，老艄公自有他明亮和固执的判断标准。他心里好像有一把看不见的尺子，碰到看不惯的事儿，他就拿出这把尺子来量一量。

一说起“迷魂阵”，老艄公心里更是来气。什么是“迷魂阵”呢？就是把连着大片网片的几十根竹篙，牢牢地插入湖水或河湾中，围住一片水域，只留出一个入口，围内再安放一些网兜。网片和网兜底下，还会坠上起固定作用的几十斤重的鹅卵石。更缺德的是，有的贪心者还在水下布置一些“倒钩刺”和滚钩，只要有猎物误闯进了“迷魂阵”，不管大小，都会有进无出。在老艄公心里，“迷魂阵”可不是打鱼人的正经技能，而是一种涸泽而渔、大小通吃、“断子绝孙”的缺德勾当，要不得的！所以，只要他发现和识别出了哪条河湾、汊港和哪片湖面上布了“迷魂阵”，他就会想方设法去通知镇上的管理人员，赶紧派人来拆除它们。特别是在禁渔期，如果有人还偷偷地在湖面、河湾布置“迷魂阵”，那就不仅仅是缺德，而且是违法的。早些年，老艄公的眼力好，力气也还算大，一两天下来，能撑着渡船找到和拆除好几个“迷魂阵”，现在可够呛了。老艄公明白，布设“迷魂阵”的家伙一个比一个狡猾，布下的“迷魂阵”也越来越隐蔽，不容易被发现。

“唉，世道变咯，人心也变咯！”渡口还是以前的那个渡口，河湾还是以前的那些河湾，可是世道变得太快了，变得让老艄公认不得了。所以连细伢子都晓得，爷爷也越来越不爱说话了，就喜欢一个人吧嗒吧嗒地抽着闷烟想心事。

曾经有一支优美的歌子，叫《洞庭鱼米乡》，生活在洞庭湖边的人们都喜欢哼唱，老艄公当然也能哼唱。歌子唱的是八百里洞庭湖上，秋日里鱼米丰收的喜人景象：

洞庭啊湖上哟，好风光哎嘿嘿，
八月哟风吹呀，稻花香哎嘿嘿，
千张啊白帆哟，盖湖面哎嘿嘿，
金丝哟鲤鱼呀，装满舱哎嘿嘿，
……
红太阳光辉哟，照洞庭哎嘿嘿，
轮船哟结队呀，下长江哎嘿嘿……

辽阔的洞庭湖，是一代代洞庭儿女的“母亲湖”，也是大自然赐给三湘大地的一方美丽富饶的鱼米之乡。可是，在过去的许多年里，八百里洞庭变样了——不是变得越来越美，而是变得千疮百孔、支离破碎、洪灾不断了。

“唉，想起来真叫人好不心痛哪，都是让那些填湖造田的名堂给折腾的，‘崽卖爷田不心痛’咯！”老艄公说。前些年，他眼睁睁地看着洞庭湖被糟蹋得越来越不成样子了，好像谁都可以任意地围起一块来，抽干湖水，填充起来，变成自家的田地和厂子；还有呢，也不知道从哪里冒出那么多的挖沙船、掘土机，还有那些不晓得是做什么的各种厂子，把湖里湖外搅得乌烟瘴气、怪味刺鼻，连那些大雁、秧鸡、蓑羽鹤、大白鹭都不愿再飞来湖边歇脚了。

“老爹，您莫再生气咯！”我安慰老人家说，“这些年来，洞庭湖一带实施平垸行洪、退田还湖、移民建镇的工程，不是很见成效吗？八百里洞庭正在恢复它应该有的样子咯！您看细伢子他们这代人，不是个个都晓得‘绿水青山就是金山银山’，人人都懂得怎么去保护自己的‘母亲湖’了吗？”

“这倒不假。”听我这么一说，老艄公吧嗒着烟锅，脸上总算露出了笑容，说，“水柳树要长在高岸上，毛竹子要长在肥土上，瞌睡鸟子不能干待着等飞虫，一兜禾还得靠着一兜雨水养咯！”

是啊，每一个时代，总是要艰辛地解决着一个个难题，一步步向前迈进的。过去那几年里，洞庭湖的儿女们，一茬茬的细伢子和细妹子，你跟着我，我约着你，像小野鸭，像野鸽子，像三月茶山上的鹧鸪，有的连翅膀都还没长硬呢，转眼就再也看不见影儿了，一群接着一群，都朝着远方飞走了。春工忙碌的时节，满山遍野是鹧鸪、杜鹃啼归的声音，却只在青青的茶山和老人们心头回响，村塆和茶山上难得见到几个细伢子和细妹子的身影。

如今可大不一样了。洞庭人家的新日子，随着国家的好政策，正在一天天发生着巨变。洞庭湖变美了，那些飞走的“小野鸭”和“山雀子”，不知什么时候又从四面八方飞回来了。“行不得也哥哥……行不得也哥哥……”“阿哥阿姐……割麦插禾……”八百里洞庭湖，正在重新恢复它渔歌互答、茶园吐翠、水草丰茂的景象。而苦于跋涉的人们，也应该感谢“花狗渡”这样的渡口，感谢像老艄公这样长年坚守在渡口上的摆渡人。每一个渡口，都是田地与田地的联系，是江湖汉港、村镇小塆和道路的联系，也是过渡者与山里客们挥手告别的地方。江河日夜流淌，不舍昼夜。在生活的河流上，善良的人总是会全力撑起希望的小船，奋力前行，既渡自己，也渡他人。小小的船头上，还总会挂起一盏闪着微光的风灯，既照亮自己，也照亮他人。

“三入岳阳人不识，朗吟飞过洞庭湖。”近两年，我曾数度到洞庭湖采风，对洞庭湖早已有了深深的感情。今夜，坐在渡口的渔火边，听着老艄公夜话，不由得又想到洞庭湖人常说的那句话：人勤春来早。洞庭儿女们已经进入他们的新时代，八百里洞庭湖畔春工忙忙、稻谷飘香、金丝鲤鱼装满舱的好年成，还会远吗？

2019年，农历小满

嘉鱼挖藕人

接连下了两三场秋雨，驱走了藏在江南人家的最后一丝暑热，天气总算是凉了下来。原本满湖满塘的荷叶，渐渐变得零落和枯黄。野鸭、豆雁、苍鹭、“水葫芦”一类的游禽与涉禽，也许都知道，稀疏的残荷一天比一天藏不住自己了，所以纷纷开始梳整翅羽，准备朝着更远的南方迁徙。陆游《秋兴》里的“千点荷声先报雨，一林竹影剩分凉”，描写的大致就是这个时节吧？

“晚荷人不摘，留取作秋香。”莲荷已空，犹有鲜嫩而低调的藕根，正在泥下生长。大自然所栽培和恩赐给人间的东西，总有合适的季节让它成熟、壮大。这时候，迫不及待的挖藕人，也开始做着下湖踩藕的准备了……

湖北素有“千湖之省”的美誉，全省境内拥有一千多条大小河流。纵横交错的水网，又连通和串起了上万个常年不涸的湖泊，以“星罗棋布”来形容，实在不算夸张。《诗经·小雅》里有一首描写水乡宴乐的诗篇《南有嘉鱼》：“南有嘉鱼，烝然罩罩。……南有嘉鱼，烝然汕汕。”“烝然”是众多的意思；“罩罩”“汕汕”皆是描写鱼儿们在水中摇头摆尾的游动之貌。这两句诗是说：长江之南多的是鲜肥的鱼儿，成群的鱼儿在江河里游来游去。地处长江南岸的鄂南嘉鱼县，就是因这首《南有嘉鱼》而得名。

在地理上，嘉鱼属于古云梦泽中的“梦泽”。古云梦泽以长江为界，分为云、梦二泽，长江以南为梦泽，江北即今天的江汉平原一带，为云泽。而幕阜山脉绵延千里，余脉延展到了整个鄂东南地区，这里的通山、崇阳、阳新等都是山城，唯有嘉鱼可称水乡。县内有上百个大小湖泊，说是“千湖之省”里的“百湖之县”，也是名副其实。著名的“三湖连江”，在 1998 年大抗洪中举国皆知的簰洲湾，都在嘉鱼。水多的地方，湖塘、河湾、港汊自然就多，所以嘉鱼最丰盛的出产，除了鱼虾河蟹，还有莲藕与菱角。

汪曾祺先生的家乡高邮，也是有名的水乡。外地人说起他的家乡，往往开口就说高邮咸鸭蛋最有名。对此，汪老曾埋怨说，他对异乡人称道高邮咸鸭蛋是不大高兴的，好像高邮就只出咸鸭蛋似的。同样的道理，如果我们一味夸赞嘉鱼鱼多、藕多、菱角多，嘉鱼人会不会也不大高兴呢？好像嘉鱼就只有鱼、莲藕和菱角似的。

其实，除了这些水产，嘉鱼的稻米、竹木、茶叶、苎麻也很有名，甚至在蛇屋山上，还有一座亚洲最大的红土型露天金矿呢。真的要怪，也只能怪嘉鱼的鱼、莲藕和菱角太出名了。

“南有嘉鱼”，这《诗经》里的乡愁，早已成了所有嘉鱼人的乡愁，这里且不说了；嘉鱼渡普镇的菱角，从斧头湖到西梁湖，种植面积多达15000亩，年产菱米3750吨，每到夏秋时节，小镇上家家响着剁菱角的刀板声，十里长街上菱米飘香……暂且也不说了。请嘉鱼的乡亲幸勿怪罪。这里单写一写令我难忘的嘉鱼鲜藕，还有我认识的一位挖藕人老梁吧。

老梁名叫梁大兴，四十来岁，一笑就露出一口大板牙。他不是嘉鱼本地人，而是与嘉鱼隔江相望的藕池镇人。藕池，顾名思义，也是出产莲藕的地方。据说东汉时期，曹操率83万人马下江南，在这里屯田采藕、筹集粮草，为赤壁大战做准备，“藕池”的名字由此而来。老梁家是“挖藕世家”，祖父和父亲都是挖藕人，到他这里，已是第三代挖藕人了。

三年前，藕池镇那边因为“退耕还湖”，藕塘面积减少了，一些挖藕人就来到南岸这边找活儿干。老梁因为手艺好，又吃得苦，一来到嘉鱼，就被珍湖这边的湖主和藕农给“挽留”住了。他一边给新雇来的临时挖藕人传授经验，一边还担负起了湖塘轮作和养护的工作。

中国几千年来的农耕传统，孕育和造就了许多独特的农事手艺，一代代地传承下来，自强不息，绵延不绝，实属不容易。比如陕西、甘肃一带的“麦客”（割麦人），新疆地区的“采棉人”，贵州、四川一带的“放蜂人”，几乎都成了职业的农事手艺人。

若不是认识了梁大兴，我还真不知道，世上还有“职业挖藕人”这个行当。我跟老梁打趣说：“行行出状元，老梁，还是你厉害呀，挖藕也能把自己挖成‘专业人士’。”

老梁一边用一块油石磨着几把专用的藕铲，一边不无得意地笑笑说：“老人家不是说过，世界上怕就怕‘认真’二字嘛！”

“说得好哇，老梁，用现在流行的话说，挖藕，你们是认真的。”

“必须的！不认真，哪能上得了《舌尖上的中国》？”

看得出，梁大兴心里颇有几分成就感，给他一根竿子，他就顺着往上爬了。

老梁说得没错，《舌尖上的中国》第一集里，讲的就是嘉鱼挖藕人的故事。虽然老梁不是故事里的主角，但这一集的故事可是给嘉鱼莲藕做了个意想不到的“大广告”。纪录片播出后，全国人民都知道了，湖北嘉鱼是个“莲藕之乡”，到了嘉鱼,别的可以不吃,却不能不尝一尝著名的“珍湖莲藕”。

嘉鱼的莲藕品种繁多，老梁告诉我，若按用途分类，可分为籽莲、花莲和藕莲三大类。籽莲当然是为收获莲子米而种植的，以白莲为主；花莲以赏花为主，又分红花莲、白花莲、大叶苞等品种；藕莲是以收获莲藕为主，所以珍湖这边全是藕莲。

“不过，今年来珍湖的客人，就没有这个口福喽。”老梁说，“今年正逢轮作，你看，湖里看不见几朵荷花。”

我请梁大兴给我讲讲什么是轮作。他说：“跟田地上的轮作休耕是一个道理。湖塘底下的泥巴，也需要养护，需要积攒养分，这样，来年的莲藕才会长得好。”

“轮作期间，这么大一片水域，都闲着？”

“也不完全是闲着。你看那边，那几个人正在捞虾子。不种藕的年份，就养一季小龙虾，也可以增加一点收入的。据说小龙虾跟蚯蚓一样，对湖泥也能起到一点翻耕和保养作用。”

“真是‘劳动出真知’啊！”我对老梁说，“湖塘和土地，摆在人人面前，农事里的秘密和智慧，却只有在劳作中才能真正获得。”

“是这样的。为什么珍湖里长的藕，味道比别处好？就是因为湖里淤泥深、养分足嘛！”

“大兴说得对呀！珍湖这边的人，有句话常挂在嘴上：荷花娇是黑泥巴里长的，姑娘娇是半吊子娘养的。好像有点挖苦人，但说的就是这个道理。”

说这话的是梁大兴的媳妇阿婷。阿婷也是藕池镇人，她说自己的“强项”不是挖藕，而是摘茶，她们那里把采茶女都叫“茶姑”。老梁来到嘉鱼“扎”下了，她也就跟着过来，一边照顾老梁的生活，有时也给老梁打打下手。

我和老梁在聊天的时候，阿婷就用一口大吊子（铁锅）给我们煨龙骨莲藕汤，一阵阵香气飘过来。

龙骨就是猪脊骨，龙骨莲藕汤是嘉鱼人的一道“迎客菜”。

因为野生莲藕上市时，已到秋冬时节，莲藕汤上桌后容易冷却，藕汤一冷却，就失了鲜味，所以，煨龙骨莲藕汤要充分利用“一热当三鲜”的原理，吊锅下一定要有文火慢慢炖着，最好就是木炭火。

“阿婷，舍下了老家绿油油的茶园，跟着老梁来湖塘种藕挖藕，太委屈你这个‘茶姑’啦！”我跟阿婷开了个玩笑。

“俗话说，嫁鸡随鸡，嫁狗随狗，嫁给猴子满山走。”阿婷正往吊锅里撒着切好的青蒜，笑着答道，“谁让我嫁了个挖藕的呢，就只好跟着来挖藕，没得选呀！大兴你快洗手去吧，人家徐老师大老远地来看你，肚子肯定饿了。”

不一会儿，我和老梁、阿婷，还有老梁的两个徒弟，就围着沸腾滚热的一大吊锅龙骨莲藕汤，动起了筷子。

“乡野湖塘，没得什么特别好吃的，就这点野藕，还算是新鲜。”阿婷给我盛了一大碗龙骨和藕段，“您是贵客，要多吃点呀！”

藕段都是切成菱形的，比在超市里买的家藕略细一些，丝子也多。用常见的家藕煨出的排骨藕汤是浓白色，奇怪的是，阿婷煨的龙骨莲藕汤，汤汁近乎是黑色的，味道却异常鲜美。

“家藕和野藕的区别，就在这里。没准是野藕吸收了湖塘泥巴里的什么黑色素，一碰到铁锅和文火就被‘激活’了，汤水就变成黑色的了。”见我有点诧异，老梁连忙解释说。

“哈哈，梁师傅，你这是《舌尖上的中国》看多了吧？你说的是典型的‘舌尖体’嘛！”老梁那个最年轻的徒弟打趣说。

“人家徐老师是来采风的，我得实话实说，说出我的看法嘛。”老梁笑着跟徒弟抬杠，接着说道，“还有就是，野藕都是在湖、塘、沟、汊里自然生长的，藕节细长，前一两节藕头味道甘甜，后一节藕尾会有点苦涩，没准正是这甘苦两味一调和，鲜美的味道就出来了。跟我们过日子的道理差不多吧，没有苦，哪来的甜？”

“行啊，老梁，你简直就是个乡村哲学家嘛！”我从心底里欣赏和认同老梁的看法。

“大兴平时没别的爱好，就喜欢看书。”阿婷不失时机地夸赞丈夫。

“‘学习强国’嘛，不学习不行呀！三天不学习，我连跟儿子对话的底气都没得啦！”老梁一边喝汤，一边又露出了得意的笑。

我知道，老梁夫妻俩有一个很争气的儿子，正在武汉的华中农业大学里念书，夫妻俩就用挖藕挣来的辛苦钱，供给儿子上学。所以，他打心眼里感谢嘉鱼和珍湖这片水土，深知“幸福都是奋斗出来的”这个道理。这勤劳的夫妻俩也十分知足和乐观，相信只要肯干，不怕吃苦，凭着自己的双手，幸福和快乐还会来得更多，明天的日子也会变得更好的。

这一瞬间，我想到了唐诗里的一首绝句《莲叶》：“根是泥中玉，心承露下珠。在君塘下种，埋没任春浦。”甘甜的鲜藕是泥水中的美玉，像老梁和阿婷这样的千千万万的辛勤劳动者，不也是植根在自己乡土上的最质朴的植物、最宝贵的农事文明的种子吗？

“老梁，我还有一点好奇，想请教一下。我在江浙一带水乡，也见过一些采藕和卖藕人，他们一般都会在池塘和小河边，把鲜嫩、粗胖的藕节洗得洁白如玉，然后再挑到早晨的集市里叫卖。可是在嘉鱼这里，几乎所有的藕，表面都还涂着一层黑乎乎的泥巴，这会不会影响嘉鱼鲜藕的‘卖相’呢？”

“江浙那里的洗藕和卖藕方法，我看是不太科学。这个嘛，不用我说，阿婷就能给你解释。”

阿婷抿嘴笑笑说：“其实，就是我前头说过的那句话：

荷花娇是黑泥巴里长的。可别小看了这层黑泥巴，它就像是一层珍贵的膏子，能给藕节保鲜。哪怕是离开了珍湖和嘉鱼，上了火车和飞机，运送在快递的路上，这层膏子还在继续给鲜藕输送养分。所以，人们从嘉鱼带走的鲜藕，都会涂着一层黑泥……”

“人们带走的不光是莲藕，还有嘉鱼的泥巴气息嘛！”老梁又憨笑着补了一句。

“是呀是呀，人们从这里带走的是一片水土的恩赐，是‘南有嘉鱼’的记忆，是《诗经》里的乡愁呢！老梁，看来你不光是个乡村哲学家，还是个乡村诗人哪！”

“哪里哪里，就是一个挖藕的。”老梁望着阿婷，嘿嘿地笑着，露着自己的大板牙，说，“我说得对不对，阿婷？”

2019年农历重阳，鄂南

农家书屋的灯光

有一年春天，正是小山村的梨花和杏花盛开的时节，我在湘鄂赣交界的幕阜山区采风时，看到一个小塆子里的一座农家书屋门口，贴着这样一副对联：

二月杏花八月桂

三更灯火五更鸡

那一瞬间，我的心中感到无比温暖和激动。这副对联不仅字面上很美，还很“励志”。前一句赞美了小山村春日和秋天的自然景色，会让人顿时产生对自己美丽家乡的热爱之情；后一句描写了小山村日出而作、日落而息的平静生活，同时也在勉励那些经常来书屋读书的大人和小孩们：如果你真心地喜欢读书，就应该像三更的灯火、五更的鸣鸡一样，勤苦发奋。“一年之计在于春，一日之计在于晨”嘛！

这副美丽的对联也让我想到，那些星星点点的，仿佛童话小屋一样散落在全国各地山村、乡野、小镇上，甚至是大草原深处和偏僻深山里的小小书屋，不也像二月杏花、八月桂花一样，每天在散发着淡淡的书香；不也像三更灯火一样，为山乡和田野里的农家人送来知识和文明的光亮与希望；不也像五更鸣鸡一样，激励着一代代乡村孩子，与每天的晨星与晨曦一起，早早醒来，振作精神，与书为友，拥抱知识，去迎接每天升起的太阳。

在祖国辽阔的乡村大地上，目前已经建起了60万座农家书屋。这些书屋有的大一点，有的小一点；有的漂亮一些，有的还比较简易，暂时“坐落”在书屋管理员的家中。但是，每一座书屋，都有自己独特的故事；每一座书屋，都有自己不平凡的成长经历，有一些永难忘却的温暖的记忆。

这些书屋的美与魅力，往往不在于它们大，恰恰是在于它们小；也不在于它们有多么华丽、高雅和阔气，恰恰在于它们简朴、安静、“接地气”，在于它们与农家人、农家娃心贴着心、“大手拉小手”的那种亲近。

应邀参与了《我们读书吧：献给山乡与田野的农家书屋》这本非虚构纪实故事集的写作，我深感荣幸。这本书讲述了来自全国17个省（区、市）的一座座农家书屋和它们的管理员的故事。这些鲜为人知的农家书屋故事，也是十分感人的“中国故事”。我们深知，把这些故事讲好了，也可以为小读者和成年人献上一本正能量的、十分励志和温暖的好书。

著名诗人郑愁予先生有两句诗：“是谁传下这诗人的行业，黄昏里挂起一盏灯？”他写的是过去年代里的那些村野边、小镇边的野店和小旅馆，一到黄昏时就挂起灯笼，告诉那些赶路的和流浪在异乡的人，在这里可以住下歇歇脚，明天好继续赶他们的路程。把诗中的“诗人”二字换成“农家书屋”四个字，也十分恰当。农家书屋在黄昏时分、在夜晚里闪烁出来的灯光，是照耀着人世间的最美的灯光。它们给那些偏远、闭塞和落后的乡村、田野、山塆、小镇的人们，送去了文明、知识和先进的观念，也给他们送去了光明、温暖、希望和力量。

吉林省通榆县包拉温都蒙古族乡里，有个名叫“迷子荒”的偏远的小村，坐落在科尔沁大草原深处。以前，还没有这间书屋的时候，这里曾在一年里接连发生了四起未成年人犯罪的事件，这让张树森老人很是揪心。从乡党委秘书岗位上退休后，张树森一直在想，能不能找到什么好的方式，通过自己的一些努力，让村里的风气变得好一些呢？于是，他就萌生了办一间书屋的念头。他的想法得到了家人、朋友的一致支持。一间小小的书屋，就像雨后草原上的蘑菇，很快就冒出了地面。张树森不顾自己年老体迈，义务承担起了农家书屋管理员的工作。书屋开起来后，他和老伴一年 365 天都吃住在书屋里，这样就可以让书屋一天 24 小时都对乡亲们和孩子们开放。村里有十来位退休老干部、老教师、老战士，这些被村里人称为“乡贤”的老人，受到张树森老人的感召，也纷纷成为书屋的志愿者，轮流着义务来为读书的人服务。

不少孩子就因为小时候有幸与农家书屋“结缘”，喜欢上了书和阅读。这些小书虫大多是在农家书屋的灯光的照耀下，度过了他们的童年时光。所以等他们慢慢长大后，命运就发生了改变。这些“大手拉小手”的故事里，有无私的奉献，有智慧的引领，也有寸草春晖式的感恩与回报。有的孩子上了大学，假期里回到村庄，又联络起村里的大学生，义务当起了书屋的管理员，为村里乡亲们和新一茬孩子办起了各种讲座辅导班。这是书屋播下的种子开出的花、结出的果，也是当年的小读者对书屋最好的感恩与回报。

有的农家娃因为常到书屋看书，就开始用自己的所学，来改变家里和周围的陈规陋习。例如在武汉郊区的左岭镇，有一件新鲜事，被小镇上的人们津津乐道：一位酷爱打麻将的老奶奶，居然从一位“麻将迷”变成了“读书迷”。原来，老奶奶的小孙子喜欢去书屋看书，他通过给奶奶借来烹饪和菜谱书的方式，慢慢地把奶奶从麻将桌上引到了书屋里。没过多久，奶奶真的发生了很大的变化，原先她只喜欢约上她的朋友们去棋牌室，现在，她更喜欢约上她的朋友们一起去农家书屋找书看了。

安徽省滁州市天长市铜城镇桑园村有一对小姐妹，跟爷爷在一起生活。爷爷这个人什么都好，就是性格比较倔强，他承包的二十多亩地，多年来每年的亩产跟邻居们比起来，总是要少几千斤。原因呢，就在爷爷那个又倔强又固执、保守且不肯接受新事物的性格上。别人家种植水稻都是按科学栽培管理的，可是爷爷呢，一直都是采用他那老一套的种植方法。他种植的水稻不但用水用肥要比别人家多得多，而且劳动强度还比较大。好心的邻里们也多次跟他讲过，让他改换改换旧脑筋，他根本就听不进去，依然固守着他那老一套。结果，爷爷每年种植出来的水稻，不是倒伏，就是会患上病害虫害，功夫没少费，产量却一直上不来。最终，姐妹俩用在农家书屋里学到的科学知识，帮助自己旧脑筋的爷爷转变了观念，施行了科学种植水稻，最终不仅提高了自己家的稻子产量，也让爷爷从此经常往农家书屋里跑了。这是姐妹俩与爷爷之间的“美丽的约定”。

广西钦州市浦北县张黄镇福山小学农家书屋里，也有一位爷爷，因为经常读一点小孙子给他从书屋里借回来的《农民防骗一百招》等，擦亮了眼睛，所以，关键时候成功地识破了骗子的套路，没有上当受骗，保护了自己的钱财。这也是很好的“小手拉大手”的故事。

如果你在小山村里询问：什么事能让自己的家乡变得更美？很多孩子和乡亲不约而同地回答：去农家书屋读书就可以。小山村里的什么声音最美？当然不是鸡鸭鹅、马牛羊的鸣叫声，而是从白云生处传来的孩子们的朗读声。什么东西能帮山村的老人和孩子们照亮生活、擦亮眼睛？他们也会大声地告诉你：农家书屋里的书和灯光。

假如没有书屋，你们会在哪里呢？你在为谁读书？读书到底有什么意义？……如果有谁正因为这些问题在苦恼着，那么，从这些真实的故事里，也能找到一些答案和解决的方法。

一座座灯火明亮的小书屋，照彻蒙昧，开启新知，让农村的孩子们和大人们眼睛更亮，心胸和视野更开阔，在生活中变得更有力量、更加自信了。这就是农家书屋的功德。所以，我在这本书的引子里说：每一座书屋的管理员，他们都是心怀梦想的“点灯人”，是风雨无阻的“摆渡者”。他们还是传播书香的“领读者”，赠人玫瑰，手有余香。

在祖国辽阔的山乡田野间，每一个孩子，也都是我们的宝贝，一个都不能少！小小的农家书屋，是播洒在大地上的书香、梦想和希望的种子，是滋润着农家人心灵荒野的涓涓细流，是照耀着阅读之花开遍城乡的温暖阳光。

2018 年 7 月夏至时节，沙湖

乌蒙山中放蜂人

“没有累死的蜜蜂，只有冻死的苍蝇。老一辈人讲得没错呀，乌格你看，这么冷的冬天，小蜜蜂们不是都活得好好的吗？”

曲木嘎给儿子乌格戴了个面罩，一边轻轻打开一个个蜂箱的活动盖板，给蜜蜂们添加一些白糖做食物，一边给乌格讲着一些养蜂的道理。

今天是一个晴和的、阳光充足的日子。乌蒙山刚刚下了好大一场雪，现在大雪初霁，风也住了，明媚的阳光把远处的山峰上的积雪，照耀得明晃晃的。阳光也洒在地堰边和龙眼树下的每一个蜂箱上，金色的光斑在每一个蜂箱盖上跳动着，好像正在轻轻敲叩着盖板，唤醒里面的小蜜蜂们：“喂，小家伙们，快醒醒啦，出来晒晒太阳哟！”

曲木嘎守护着他的每一个蜂箱，就像守护着美丽的妻子阿依扎和儿子乌格一样细致和用心。每年入冬后，他把蜂箱拉回来，选定了暖和的位置后，再在每个蜂箱底下铺上厚厚的稻草、苞谷秸、谷壳，蜂箱四周也要用稻草围起来，这样又能保温又可透气。下雨落雪的日子，他还要在蜂箱上面盖上塑料布、蓑衣什么的，遮挡雨雪。

“哇，阿爸，小蜜蜂都醒了，都在争着吃白糖呢！等它们吃饱了，会不会咬我呀？”

蜜蜂过冬的时候，喜欢在蜂巢里互相拥挤着，紧紧抱成一团，这样互相靠拢、结团紧密，互相之间的密度增大了，也就不容易挨冻了。看来，小蜜蜂们也懂得“抱团取暖”哟。

“放心吧，乌格，现在是冬天，蜂子不会咬你的。”曲木嘎一边熟练地给蜂箱做检查，一边告诉乌格，“就是在春天和夏天，蜂子也不会轻易蜇人的，除非是人们招惹了它，它以为自己要受到伤害了，才会蜇人。”

“就是说，蜂子是为了保护自己，才蜇人的？”

“是这样的。不过，蜂子也挺可怜的，它只要一蜇了人，自己的生命也耗尽了，就活不了几天了。”乌格第一次知道，原来小蜜蜂有这样不为人知的秘密。

春天、夏天和秋天里，曲木嘎几乎每天都会巡视他的每一个蜂箱，仔细察看蜂箱有没有腐烂和破损的地方，还要察看有没有大黄蜂窥伺在蜂箱缝隙边，准备干坏事儿。原来，大黄蜂“好吃懒做”，自己不会酿蜜，却喜欢干些偷吃蜂蜜甚至咬死小蜜蜂的勾当。所以，养蜂人没有不讨厌大黄蜂的，都把大黄蜂看作蜂类的“霸凌者”和“侵略者”。

冬天里没有什么花粉可采了，可不能让蜂子们饿着，所以得给它们喂一些白糖增加营养。除了白糖，也可以多给它们留下一些蜂蜜。只要递进去一点白糖和蜂蜜，它们就会你争我抢的。食物和运动，都能给蜂子们增加热量，所以它们也就不怕寒冷了。

曲木嘎是一个勤劳、质朴的彝族汉子，是阿依扎眼里的好丈夫，也是乌格心中的好阿爸。从把美丽善良的阿依扎娶回家的那一刻起，他就下定决心，哪怕自己再苦再累，也要让阿依扎生活得幸福开心。有了儿子之后，他晓得，自己肩上的责任更大了。他暗暗发誓，不仅要让妻子阿依扎衣食无忧，还要尽自己最大的能力，给乌格备下足够的条件，让他上学念书，能念到什么时候就念到什么时候。

阿依扎曾说，乌格将来要是能像毕摩爷爷那样“有学问”，自己就心满意足了。曲木嘎听了，却不以为然，连忙纠正阿依扎说：“‘大树不生石夹缝，青苔不长火塘边。’阿依扎，你就好好等着那一天吧，等着我们的乌格念好了书，带着你走出乌蒙山，去看看外面的大天地。”

“我看你是一年四季放蜂子，把自己的心也放野了！”阿依扎故意嗤笑道，“野得连乌蒙山都容不下你曲木嘎了！”

阿依扎差不多说对了一半。不单单是追赶着花期放蜂的原因哪！这些年来，随着党和国家越来越多的好政策，特别是全面建成小康社会和决胜脱贫攻坚的“冲锋号”响遍了乌蒙山的每一条山箐、每一座村寨，曲木嘎那颗盼望着一家人过上幸福生活、向往着山外世界的心哟，确实也越来越“野”了！

也不仅仅是他一个人的心越来越“野”了，放眼看看所有生活在乌蒙山区的人家，看看全国每一处偏远的山乡，和像星星一样散落在山区角落里的村村寨寨里的人们，谁的眼界不是越来越开阔、越来越高？谁的心，不是越来越有新的奔头、越来越变“野”了呢？谁还愿意沉睡在过去的苦日子、穷日子里，而不醒来呢？

号角响处，山花烂漫，给乌蒙山中无数个像曲木嘎这样的养蜂人带来了四季如春、繁花似锦一般的好机缘。只要有花期、花海，在曲木嘎看来，就是再远的远方，也不在话下啦！

高高的乌蒙山哟，山脉连绵，山岭逶迤。这块总面积约有11万平方公里，包括云南、贵州、四川三省近40个县（包括市、区），总人口约有2000万的水土，就像一个多民族亲如一家，一起耕耘、一起守护的大家园。丰厚的植被、繁盛的花田，还有清澈的雪水河、山泉和小溪……养育了多少勤劳的好儿女！

不说别的，单单是像曲木嘎这样的养蜂、放蜂人，各个民族的兄弟姐妹加在一起，少说也有十几万人、上百万的蜂群吧？

曲木嘎和乌蒙山区大多数养蜂人一样，常年养殖的都是一种学名叫“中华蜂”的蜜蜂。这种蜜蜂与其他蜂种，例如意大利蜂相比，个头更小，有较强的耐寒能力，所以更适合在山区和高原上的零星花源环境里生存。

乌蒙山区到处都是苹果园、荔枝林和龙眼林，漫山遍野的山花就更不用说了。除了落雪的冬天，曲木嘎的蜂箱能在山上摆放三个季节。春蜜的花源以苹果、龙眼、荔枝、油菜花、荆花为主，夏天的蜜就靠漫山遍野的野花和各种野生药材的花朵了。

没有养过蜂的人，想到和看到的往往就是四季如春的花田、花海，就像阿依扎刚认识曲木嘎的时候，想象着他每年追赶着美丽芬芳的花儿跑，是多么“好耍”。其实呢，养蜂和放蜂的辛苦，只有养蜂人自己最清楚。所以，曲木嘎经常给乌格讲：“甜言蜜语最现眼，勤快苦干背后知，要当一个合格的养蜂人，你得比酿蜜的蜂子更勤快。”

风里来雨里去，天蒙蒙亮就顶着星星爬上山坡、钻进山箐，晚上再顶着银色的月亮回到村寨，回到临时搭起的棚子里，风餐露宿且不说，光是收割蜂蜜就不那么简单，得小心翼翼地做上十几道工序，而且全部靠手工完成。

“你吃的苦头有多苦，蜂子给你酿出的蜜就有多甜哟。”这是曲木嘎多年来从养蜂的日子里品味出来的真知。

和乌蒙山上老一辈的养蜂人不一样，曲木嘎头脑活泛，喜欢学习。有一年，他不知从哪里无意中听说，乌蒙山区有名的“养蜂大县”四川省古蔺县的养蜂人，随便叫出一个名字来，都称得上是“土专家”。曲木嘎心里痒痒的，前年春天就特意翻过好几道山岭，带着三十几个蜂箱，去了古蔺县的双沙镇，找到了那里的一位有名的养蜂“土专家”陈师傅，虚心向人家请教。

曲木嘎真是一个勤快人！他在陈师傅的蜂场边搭了个窝棚，住了一个多月，一边照看自己的蜂箱，一边也去帮陈师傅下些杂活儿，打打下手。结果他还真取到了不少养蜂的“真经”。

陈师傅告诉他，古蔺这边的蜂农都习惯“坐地养蜂”。这样其实并不好。坐地养蜂，不仅不能充分利用周边的“花源”，也浪费了不少的资源。“所以呀，曲木嘎兄弟，你要有信心，继续追赶着花期跑，累是累点，苦是苦点，但你割到的蜜，定准是好蜜哟！这叫作啥子你晓得不？”陈师傅笑着问道。

“叫作啥子？”曲木嘎不解。

“这就叫‘追花夺蜜’嘛！”陈师傅开导曲木嘎说，“要想脱贫致富奔小康，你坐在那里不追不赶，啷个办嘛！”

陈师傅还给曲木嘎指点了好多新的“花源”：“你们昭通那里是苹果之乡，苹果园多得很。我们古蔺这边柑橘多，柑橘蜜可是古蔺的好蜜哟！啥子时候你还可以去古蔺河、赤水河两岸摆上个一季两季的，那边荆条花多，‘荆花蜜’也很要得嘛！”

曲木嘎给陈师傅介绍了乌蒙山区的“苹果之乡”洒渔镇四周，满山满坡都是苹果园的景象。陈师傅听了，兴致勃勃

曲木嘎给儿子乌格戴了个面罩，一边轻轻打开一个个蜂箱的活动盖板，给蜜蜂们添加一些白糖做食物，一边给乌格讲着一些养蜂的道理。

地说："要得嘛，等下一个春天，我也要改改坐地养蜂的老习惯，把蜂箱拉到'苹果之乡'去摆一摆。"

"陈师傅，我们彝家人常说，'野花开的地方蜜蜂多，养蜂人多的地方办法多'。那就这么说定了，我在洒渔那边的苹果树下等你哟！"

"要得，要得！"陈师傅还建议曲木嘎，"好兄弟，你最好再扩大十来个箱子，自己忙不过来，就再找个养蜂的，一起搭伙搞起嘛！十个箱子能伺候，一百个箱子也一样伺候嘛！"

"陈师傅的心，怎就这么大呢？"曲木嘎暗自想了好半天，觉得光凭这一点，自己就得好好向这位"土专家"学习。"同样是养蜂人、放蜂人，差距怎么这么大呢？"想到这里，曲木嘎略带自嘲地在心里说道。

冬天里的阳光，像金子一样珍贵。快到晌午了，曲木嘎带着乌格，还在龙眼树下忙活着。父子俩一边干活，一边享受着温暖的阳光。这时，乌格看见阿爸用小铲子铲掉了蜂箱里的一些蜂巢。乌格不解，就问阿爸为什么要铲掉它们。

曲木嘎说："这是雄蜂的巢，一个蜂箱里，雄蜂不能太多，不然就会'天下大乱'。雄蜂不会出去采花粉，只负责'传宗接代'，所以，如果雄蜂多了，再多的工蜂也养不起它们，酿出的蜜都会被雄蜂们吃掉。来，乌格，你也铲一下试试，要轻点用力哟！”

乌格接过铲子，学着阿爸的样子，轻轻地铲着雄蜂的蜂巢。

“阿爸，等我长大了，就帮你一起去养蜂子、放蜂子好不好？”

“哦哟，我的小乌格，这可使不得！你可不能走阿爸的老路！”曲木嘎一听儿子的话，赶紧说道，“绕着瓦檐飞的，不是瓦雀就是燕子，鸟笼子里也飞不出山鹰来。我的儿子，将来可不是要跟着阿爸养蜂子、给阿妈打年柴的哟！”

“那我做什么呢？要不就跟着毕摩爷爷学习种苹果吧？”

“苹果也不用你种！你要给阿爸、阿妈好好上学念书，念好多好多的书，以后还要飞出乌蒙山，到昆明念书，到上海、北京去念书！”

曲木嘎说：“乌格，只要你能把书念好，以后不论你去哪里念书，阿爸都会追着你，把蜂子放到你念书的地方。”

“还要带上我阿妈哟！”乌格强调说。

“还用你说？”曲木嘎笑得咧歪了嘴，说，“那必须的！”

洪湖畅想曲

从农历端午开始，生活在江汉平原上的千家万户，谁家饭桌上会少了洪湖的咸鸭蛋、皮蛋和新鲜藕带？洪湖是荆楚大地上有名的鱼米之乡，也盛产莲藕和莲米。每年夏至一过，一望无际的藕田，满湖满塘的荷花，会把这片水土装点得分外妖娆。从外地来的朋友，如果想领略一下“千湖之省”夏日里风吹稻花、万荷竞秀的风姿，无须去别处欣赏，到洪湖来就是了。

洪湖更是一块浸透了红色记忆的土地。土地革命时期，贺龙领导的红二军团与洪湖地区苏维埃政权一道，在千里湖墩、港汊和苇林间浴血奋斗，狠狠打击了国民党反动派和当地湖霸的嚣张气焰，保卫了湖区人民的胜利果实。“洪湖水呀浪呀么浪打浪啊，洪湖岸边是也呀么是家乡啊……”60多年前，一曲优美动听的《洪湖水浪打浪》，把洪湖赤卫队的英雄故事唱遍了全中国，也把洪湖的乡土之美深深刻入了中国人的集体记忆："清早船儿去呀去撒网，晚上回来鱼满舱。遍地野鸭和菱藕，秋收满畈稻谷香，人人都说天堂美，怎比我洪湖鱼米乡。"我还记得，小时候生活在北方的小山村里，过年时贴出的年画里，就有一套画的洪湖赤卫队的故事。这算是我对洪湖最早的印象。

初夏时节，我又一次来到洪湖瞿家湾镇。前几年，因为寻访长江白鳖豚科考队的足迹，采写长江江豚保护的故事，我数次到过洪湖、监利、石首以及对岸的洞庭湖一带。有不少亲历的故事，我已写进了长篇小说《追寻》里。然而，一部《追寻》盛不下我对洪湖这片热土的全部眷恋与崇敬。尤其是贺龙等老一辈革命家率领的红二军团，以及洪湖赤卫队的红色传奇故事，我一直想写，却迟迟未敢动笔。这一次来洪湖，仍然只是一次"采风"。不过我相信，理解力栽培下的东西，季节终会使它们成熟。

在我看来，瞿家湾称得上是洪湖的"脉"与"魂"。当年，湘鄂西革命根据地首府就坐落在瞿家湾老街上。老街也叫"红军街"。贺龙、周逸群、段德昌等革命家率领着红军队伍，在这里播下了革命火种。这里也是赫赫有名的洪湖赤卫队诞生和战斗过的地方。我在踏上老街的青石板路、第一眼就看到几扇斑驳的老门板的瞬间，立刻想到了《洪湖赤卫队》里韩英、刘闯和赤卫队队员神出鬼没地闪进老街、深夜劫枪的情节。

老街两边的旧屋，是清末民初江汉平原小镇上典型的穿斗式结构的建筑样式，单檐硬山，高垛翘脊。徜徉在老街灰色和青色的石板路上，抚摸着一间间饱经沧桑、灰墙玄瓦的老房子，我想到，曾有多少个战斗的黎明和黄昏，在这里匆匆交替；那些血衣、大刀、鱼叉和梭镖，还有“红二军团”“苏维埃”“赤卫队”这些名词，都已成为人们深刻的记忆。只要伸出手轻轻触摸一下，仿佛还能感到，这里的每一堵斑驳的墙壁，都还是灼热的，像火一样滚烫；静下心侧耳倾听一番，仿佛还能听见年轻的红军战士和骁勇无畏的赤卫队队员们战斗的呐喊与胜利的歌声，像叶笛一样清脆，也像军号一样嘹亮。一面面鲜红的、有着镰刀锤子标志的旗帜下，聚集起了齐心协力和无私无畏的一群人；一间间低矮和简陋的老屋里，孕育出了崇高和远大的梦想。他们的意志比钢铁还坚硬，信念像金子一般闪亮。他们一次次擦干热泪和血迹，每一颗心都听从着同一个召唤，跟着共产党、跟着贺龙领导的红军队伍，朝着革命所召唤的地方坚定地奔去……

无论时光流逝了多少，英雄的湖区儿女们用各自的青春热血和生命，在这片水土上谱写的滚烫的史篇，谁能遗忘？湘鄂西根据地和洪湖赤卫队留下的近40处遗迹，散存在瞿家湾老街和沿河街以及附近的墩子和村塆里。多年来，到这里来追寻红色记忆、重温党的奋斗故事的党员和青少年学生们络绎不绝。我来瞿家湾这天，也巧遇华中师范大学师生们的一次“红色走读”和“快闪”活动。大学生们还特意邀请来了《洪湖赤卫队》里韩英的第四代扮演者、著名歌唱家马娅琴。在当年赤卫队队员们战斗的“实景”中，他们共同演唱了一曲《洪湖水浪打浪》。

马娅琴也是我熟悉的艺术家朋友，她不仅是韩英的第四代扮演者，而且多年来在《洪湖赤卫队》剧组里还饰演过秋菊、小红等所有能演的角色，在各种场合演唱《洪湖水浪打浪》已达上万次。在瞿家湾红军街上，当熟悉的《洪湖水浪打浪》的旋律再次响起，背着短枪、扎着皮带和绑腿、英姿勃勃的“韩英”，右臂上戴着有镰刀斧头标志的红袖标，脚步坚定地突然出现在灰墙玄瓦的青石板街上，后面跟随着一群青春洋溢的大学生，一起高唱着“共产党的恩情比那东海深，渔民的光景一年更比一年强”。此情此景，似乎一点也没有违和感。年轻的一代仿佛仍然紧紧跟着“韩书记”，重返战旗猎猎的年月，“喝的是湖中水，吃的是岸边粮。……同志们仍然战斗在你的身旁”。

事后，我看到马娅琴在朋友圈里写道：无论何时何地，我们的每一场演出都是为了讲好党的奋斗故事，这是需要我们和青年一代共同传承的故事与精神，歌声里也饱含着我们对党、对祖国的深情。

在《洪湖赤卫队》里，韩英给战友们描述过洪湖的未来：“等全国都插上了红旗，打倒了地主、湖霸，庄稼人都扬眉吐气过日子，畈里用拖拉机耕田，年年五谷丰收；湖上用机器船撒网，天天鱼虾满舱，彭家墩会变得像武昌城一样。”韩英和战友们朴素的愿望、美好的憧憬，在新中国成立不久，都一一变成了现实。

凡是来到洪湖的人，除了追寻红色记忆，当然也少不了要饱尝一下得天独厚的鱼米之乡里的各种“湖鲜”。湖鸭、咸鸭蛋、再生稻米、莲藕、莲子、菱角、大闸蟹……这些且先不说，仅以洪湖的新鲜藕带为例吧。北方人大多不识藕带为何物，更少见到摸藕带和扯藕带的劳动情景。草木之名里，往往蕴含着一方水土的乡愁。洪湖人把藕带叫作“藕苫”或“藕簪”，因为带着嫩尖的白生生的藕带，看上去的确像一支支白玉簪。

老唐是我上次来洪湖时结识的一位藕农。他是瞿家湾桃花村人，现在兄弟两人一起打理着一片大约有十来亩大的藕塘，还养了三四个池塘的虾子和螃蟹，每年的藕带、莲米、螃蟹和虾子的收入，少说也有15万元，日子过得还不赖。老唐告诉我，瞿家湾这边把藕带又叫“藕梢子”或“藕肠子”。这两种叫法虽然有点俗，却颇生动形象。

每年5月间，湖塘的水还有点沁凉，荷箭刚刚开始挺出水面，水下和湖泥里的藕带已有一二尺长。急于想吃藕带的人，就赶着这个时节，下湖摸藕带、扯藕带了。藕带，就是荷箭还未挺出水面时，生长在淤泥里的嫩茎。扯藕带的人下到湖塘里，顺着荷叶茎子的长势往淤泥里探去，就能摸到藕带。扯藕带是有技巧的，不能生拉硬扯。摸到了藕带，得顺着藕带生长的方向，在藕带接头处掰断，这样扯出水面的藕带又长又嫩，像洁白的玉簪一样，无论生吃、清炒、酸辣炒还是做成泡菜，味道都极清爽可口，是荆楚人家夏日餐桌上必不可少的“湖鲜”之一。老唐说，在洪湖乡下长大的孩子，谁没有小时候下湖摸藕带、踩藕、扯藕带的记忆？贫困的年月里，小小村童肚子饿了、嘴巴渴了，就会凭着一身好水性，潜到湖塘底下，扯来一根根又长又嫩的“藕肠子”，三口两口嚼下肚子，又充饥又解渴。

当然，洪湖人都知道，扯藕带就像竹乡人挖笋子一样，都不能过度挖采。每根藕带连着一株荷花，采扯过度就会影响莲藕和莲米的产量。所以，扯藕带也是要讲究时节和有所节制的。现在，专家和藕农们已培植出一种以生产藕带为主的莲藕，采扯期可以延长到立秋时，也为藕农们带来可观的收入。藕农们有个说法：每根“藕梢子”都是洪湖人的“金腰带”。

近些年来，国家正在实施的长江大保护战略，给美丽的洪湖大地和91万洪湖儿女带来了新的发展机遇。包括富饶的江汉平原在内的长江中下游的平原地区，作为江南“粮仓”，一直起着保障国家粮食安全的“压舱石”作用。随着洪湖综合治理的落实和进程提速，今天的洪湖已不仅是人们心目中的“红色之湖”，还是美丽丰饶的“绿色之湖”和“生态之湖”。

洪湖境内遍地都是湖塘，水网纵横，目前全洪湖少说也有三四万户养蟹养虾子的人，虾蟹养殖面积近70万亩，产值估计早就超过了40亿元。我在洪湖就听到了这样一个说法：一只螃蟹“顶”起了一座城，一根藕带“撬”动了一个产业。

“湖塘里水草多，还有螺蛳、鱼虾这些天生的饲料，螃蟹就吃这些长大。水草还能净化水质，这样养出来的蟹病害少，又肥大，和阳澄湖、梁子湖的大闸蟹，有得一比！”老唐说起自己的螃蟹和虾子来，眉飞色舞。这倒也是，“洪湖清水”大闸蟹如今已成当地的“支柱产业”之一，连续多年荣获中国国际农产品交易会金奖；“洪湖清水螃蟹节”也举办了多届，早已闻名遐迩。

“从2020年元旦起，长江就进入10年禁渔期了。”老唐说，“洪湖是红色革命老区，当然不能落后的！眼下，瞿家湾、螺山、滨湖、汊河、沙口，这些靠江的村镇，大约有11万条渔船、28万渔民，都告别了‘水上漂’的生活，退渔上岸咯。”老唐对退垸还湖、生态修复、渔民退捕上岸这些政策和名词显然了如指掌，说起来一套一套的。“祖祖辈辈都是靠水吃水，现在一下子都上了岸，能习惯吗？”我问道。“哪有一夜间就完全变了习惯的道理！不瞒你说，偷偷摸摸的还想下水搞点什么的，也不是没有。你昨天见过的那几位河长和湖长，不就在叫苦连天吗？”老唐笑笑说。

“有人说，洪湖人以前都是沿着长江‘下汉口’的，现在要求全部上岸，这可是当年的洪湖赤卫队队员们不曾想到的事情哪！”我故意说道。

“这话要不得！”老唐说，“共产党带着全国人民走过的路，每一程、每一段，不都是在不断地解决着一个又一个新的难题，一步步向前奔去的吗？这个道理，这点觉悟，洪湖人还是有的。党和国家的政策，乡亲们心里都是明了和知足的，也一百个赞成。”

“是呀是呀，老唐，还是你的觉悟高啊！只有这样做，以千里洪湖为代表的千万个湖泊，才能把洞庭湖以北的荆楚大地装点得越来越美丽，才能让浴血奋战过的老赤卫队队员们憧憬的‘遍地野鸭和菱藕，秋收满畈稻谷香，人人都说天堂美，怎比我洪湖鱼米乡’的景象，变成世世代代拥有的美好现实呀！”我发自内心地、由衷地说道。

2021 年 5 月 30 日，武昌梨园

其美多吉的邮车

凌晨时分，四野茫茫。狂风夹着雨雪，在鄂西山岭间的道路上肆虐着。茫茫夜里，沉沉黎明前，两束车灯的光亮照射着前面的雨线和飞雪，一辆邮车缓慢地向前方行驶着、行驶着……前方就是武汉的方向。

这是 2020 年早春的雪夜。漫天的飞雪不是在为人们迎接春天的到来，而是给所有紧急奔向被新冠肺炎疫情笼罩的武汉的逆行者，增添了更多的艰难和寒冷。但是，这辆满载着口罩、防护服等抗疫物资的绿色邮车彻夜不停，正在转过一个一个风雪呼啸的山口，奔赴在从成都开往武汉的千里风雪路上。

谁也没有想到，开车的人竟然是全国人民熟悉和敬佩的“时代楷模”“最美奋斗者”，也是“感动中国 2018 年度人物”

其美多吉。坐在他旁边的副驾驶座上、随时准备轮换驾驶的一位年轻人，是其美多吉的临时搭档肖文远。

车灯的光束，在这漆黑的风雪之夜里显得格外明亮，仿佛要透过前面的雨线和飞雪，把茫茫的、蜿蜒的山路照穿。邮车向着前方，坚定地、一段段地挺进、挺进……

其美多吉是四川省甘孜藏族自治州德格县龚垭镇人。小时候，他跟着阿爸、阿妈在雪山下的小山村里生活。阿爸是一位乡村老师，头脑里装着许多藏族民间故事。每天晚上睡觉前，阿爸都会给小多吉讲藏族英雄格萨尔的故事。阿爸亲切的声音和格萨尔的传奇故事，陪伴着小多吉进入一个个梦乡。

阿爸教书的地方离家很远。那时候也没有像样的道路和更多的交通工具，阿爸每次回家，都是骑着一匹枣红马。所以，多吉很小的时候就学会了骑马。骑在阿爸的枣红马上，在家乡的雪山下奔驰的时候，小多吉多次想象着，自己好像变成了穿着金甲、戴着头盔的英雄格萨尔……

1954 年冬天，著名的川藏公路通车了，德格县也第一次开通了雪线邮路。当时，能开到高原上的车辆很少，多吉在家乡见得最多的车子，就是沿着雪线邮路开来的绿色邮车。

家门口就是伸向远方的川藏公路。远去的邮车，更是代表着无尽的远方。每次看到邮车开来或开走，少年多吉都会和乡亲们一样，不停地招手致意。遇到晴朗的天气，远远地看到邮车或是军车开来了，多吉还会和小伙伴们一起，追着车子跑上一段路程。连车子散发出来的汽油味，都让他感觉特别好闻。

这时候，阿爸、阿妈会告诉他，军车和邮车都是藏族人民的恩人共产党派来的，是专门往藏区运送物资、邮包和家书的。每次望着渐渐远去的邮车，多吉就想：要是有一天，自己也能当上一名邮车司机，该有多美啊！

1982 年春天，其美多吉花了一元钱，在书店里买到了一本《汽车修理与构造》，开始摸索着学习修理汽车。虽然是“纸上谈兵”，但他慢慢地把车身、轮胎、零件、螺丝钉……都摸清楚了。

1989 年，德格邮电局有了全县历史上第一辆邮车，并在全县遴选驾驶员。其美多吉幸运地被选上了，开上了全县唯一的一辆邮车。这年他 26 岁。连他自己都没有想到，这一开就是 30 多年！

30 多年来，多吉驾驶着他心爱的绿色邮车，在甘孜县和德格县之间的一条邮路上来来往往，累计往返了 6000 多次。

仅仅在平均海拔 3500 米以上、长 600 多公里的一段异常险峻的雪线邮路上，就累计往返 140 多万公里，其间从未发生过一起责任事故。

那段雪线邮路到底有多险峻呢？当地的藏民们说，那是一条“离死神最近的路”。多吉的邮车如果从康定出发，先要翻越一座海拔 4200 多米的折多山。当地有句民谚：“翻死人的折多山。”折多山弯多路险，常年里风雪弥漫，弯弯的山路一直蜿蜒盘旋到山巅，让人望而生畏。

翻过了折多山，还有一座号称是“川藏第一险”的雀儿山。雀儿山上的公路，更是像一条窄窄的飘带，盘旋和飘展在一道道悬崖边，一年里差不多有 10 个月的时间，道路上都有冰雪覆盖。垭口的海拔约有 5050 米，最窄的山路不足 4 米，仅仅能容一辆车子缓缓开过。当地也有两句民谚：“车过雀儿山，如闯鬼门关”“爬上雀儿山，鞭子打着天”。

雀儿山的夏天景色很美，不过十分短暂。一到 9 月和 10 月份，雀儿山就开始下雪了。如果是在“风搅雪”的恶劣天气，凛冽的风雪会搅得天地间茫茫一片，几乎分不清哪里是山路，哪里是悬崖。所以人们说，在冬天里开车翻越雀儿山，简直就是在“拿生命开玩笑”。一般人是绝不敢在冬天开着车子上雀儿山的。

折多山和雀儿山能让很多人望而却步，却无法让其美多吉低头。除了折多山和雀儿山这两座大山，沿途还有大大小小17座小山。他常年在这条邮路上往返，练就了一身胆大心细、轻车熟路的高强本领。在2017年9月雀儿山隧道通车前，多吉每月至少要在这条雪线邮路上往返20次。有一次，因为风雪太大，路上遇到了雪崩，积雪太厚，他只能一边铲雪一边开车，不到1000米的路程，竟然走了两天两夜。

他是一位开邮车的司机。他的心中只有一个信念：只要有邮件，邮车就得上路；只要有人在，邮件就一定要送到目的地。其美多吉有一句名言："再高的山，再险的路，没有我的邮车翻越不过、征服不了的。"每次开着邮车上路，他都会高兴地唱上几句《向往神鹰》："在每一天太阳升起的地方，银色的神鹰啊来到了古老村庄。雪域之外的人们，来自四面八方……哦，迷迷茫茫的山，哦，遥遥远远的路，哦，是谁在天地间自由地飞翔？神鹰啊，你把我的思念带向远方……"

他是雪域高原上的藏民们心中的信使，更是一位带来吉祥和喜讯的亲人。30多年来，他开的邮车不断升级更新，吨

雀儿山的夏天景色很美，不过十分短暂。一到 9 月和 10 月份，雀儿山就开始下雪了。如果是在“风搅雪”的恶劣天气，凛冽的风雪会搅得天地间茫茫一片，几乎分不清哪里是山路，哪里是悬崖。

位越来越重。“这不仅仅是一辆邮车的变化，更代表着乡亲们生活的变化。以前，乡亲们的信件和包裹很少，一般都是送到县城就可以了，很少送到村子里去，因为村里的人外出的少，接受教育的人也少，没有什么信件往来。”多吉自豪地说，“现在可大不一样啦！村子里上大学的孩子多得是，书信也多了。人们挣的钱多了，买的东西也就多了，还学会了网购，所以各种包裹快递都从外面运进来了。”

多年来，细心的多吉还养成了一个习惯：每年 6 月和 7 月份，都是他和他们的邮车车队最为谨慎、特别注意的月份。因为这时候孩子们的各种录取通知书就要到了。多吉说：“在以前，哪个村里面出了一名大学生，全村都会轰动。现在好了，几乎家家户户都有大学生了。生活在偏远的高原上的孩子考上大学不容易，这可是关系他们一生的大事，所以我必须把每一份录取通知书，越快越好、安全地送到每家每户和每个孩子手中，才觉得放心。”

当然，多吉的邮车上，不仅仅装载着藏区孩子们的录取通知书，还有能帮助乡亲们科学致富的报刊和书籍，有党和国家对藏区百姓关怀和扶持的好政策，有藏族兄弟们脱贫致富奔小康的梦想……

2018 年 3 月，国家交通运输部把其美多吉开着邮车走了30 多年、从康定到德格的这条邮路，正式命名为“其美多吉雪线邮路”。

2020 年春节前夕，新冠肺炎疫情在武汉发生后，一下子揪紧了全国人民的心。除夕那天，多吉在北京参加完央视春晚后，大年初一就赶回了成都。“我早就做好了准备，只等出发的电话了。”他说。

可是这时候，甘孜州也出现了疫情，回甘孜的车辆都被劝返了。眼看着一下子回不到工作岗位上，多吉在成都急得火烧火燎。实在坐不住了，他就给四川省邮政分公司党委写了一封“请战书”，请求就地加入防疫物资的运输队伍中。

他在请战书里说：“作为一名从‘雪线邮路’这个英雄团体历练出来的先进邮车驾驶员代表，作为一名共产党员，我更觉得自己责无旁贷，想和同事们一起为保障防疫物资运输贡献一点自己的力量。在此特向省公司党委请战，愿随时听候组织调遣，奔赴防疫物资运送第一线。”

他的请战书得到了批准。2 月 14 日下午 1 点，一辆装着100 多吨防疫物资的大邮车，从成都上路。执行本次赶往武汉的邮运任务的驾驶员，除了其美多吉，还有一个年轻人，也是一位年轻的共产党员，叫肖文远。多吉算了算，两个人轮换着不停地开车，路上要走 40 多个小时。为了尽可能早一点把防疫物资送到武汉，两个人一路上轮流着驾驶，日夜兼程。

“我跑了30多年雪线邮路，但跑这条邮路，还是第一次。”多吉说，“好在小肖师傅已经跑了好几趟武汉了，他现在是我的师傅，一路上我都是听他的。”

因为路途遥远，中间还要经过鄂西山区，那一带的气候变化无常，不仅四川邮政公司给他们配备了最好的邮车，两个人还带足了 5 天的水和干粮。

果然，路上一会儿是雨天，一会儿又扬起了雪花。这时候，当地刚刚发布了一条新闻：湖北启动重大气象灾害三级响应，近日将出现寒潮，有中到大雪。

2 月 15 日凌晨 1 点 30 分，多吉的邮车进入湖北境内。雨夹着雪子，越下越大，窗外响着呼呼的风声。

进入鄂西恩施的野三关山区路段后，路面上冰雪湿滑，天还没亮，他们只能全神贯注地缓慢行驶。因为高度紧张，两个人的内衣都湿透了。多吉说，这个时候，为了保证安全，邮车必须降速，原本限速时速 100 公里的路段，他们也只敢跑时速70公里，不然邮车就要“飘”。

为了保存体力，多吉和肖文远轮换着开车。两个人都不是头一次在这么恶劣的气候条件下开车，当然也不是头一次在黑夜中长途行驶。多吉虽然是第一次开车走这条道路，但30多年雪线邮路经历，使他对自己的驾驶技术十分自信。肖文远曾开着邮车在这条路上往返过几次，所以，把最险要的路段开过了之后，心里的那份紧张也放松了不少。

两个人为了彼此提神，一个开车的时候，另一个就给对方讲故事。肖文远给多吉讲了自己在汶川地震、芦山地震时，连夜赶路运送物资的经历。他说，2008年5月12日汶川地震时，他们邮政的车辆在12日当晚就把第一批救灾物资火速运进了都江堰。当时很多人都还在往外跑，都江堰有的地方还余震不断，但他们开着装满救灾物资的邮车还在“逆行”……

其美多吉给肖文远讲了自己在折多山和雀儿山的大雪中的经历：“在那条雪线邮路上，冰天雪地里往往只有邮车还在路上，跟我们此时开着邮车执行赶赴武汉的任务十分相似……”

是的，自从川藏公路通车后，在折多山和雀儿山上跑得最多的车辆就是多吉的绿色邮车。“邮车是我们能见到的为数不多的绿色,邮车驾驶员多吉是我们道班工人最熟悉的人。”曾在雀儿山五道班担任班长的曾师傅这样说过。在他和工友们的记忆里，只要看见了其美多吉和他的绿色邮车开来了，就像在严寒和迷茫的大风雪中看到了希望、生机和力量一样。

通常每天下午三四点钟的时候，多吉的邮车就会经过五道班作业的地方。这时候，性格豪爽、为人热情的多吉远远地就会按响邮车喇叭，跟工友们打招呼。

那时候手机通信并不发达，工人们和家人的联系主要靠写信。其美多吉每次路过时，总会主动询问一下五道班的工友们，要不要给家里发电报、送家信或汇款。他几乎把每个工友的家庭地址都记住了。

逢到除夕夜，雀儿山上没有年夜饭，更不会有鞭炮声，只有呼啸的风声，夹杂着一声声骇人的狼嚎。

这个时候，一般的司机都会开着车子赶回家去跟亲人团聚，可是，其美多吉总是开着邮车离开家，赶到雀儿山上来，和工友们一起度过除夕夜。他的车里带着牦牛肉、青稞酒、蔬菜、水果，算是给五道班的工友们带来的“年夜饭”。

2017 年，雀儿山隧道正式开通的前一天，多吉和同事们开着邮车，最后一次翻越雀儿山，特意来和养护这段公路的道班的工友兄弟们道别。在垭口，几个五大三粗的汉子紧紧拥抱在一起，泪流满面。有的人流着泪说：“多么值得庆幸啊，这么多年过去了，我们每个人都还活着，都还挺立在雀儿山的风雪里！”

多吉在雀儿山经历的很多故事，说起来实在是惊心动魄的。在一个大雪天里，20 多辆车子被困在一段 80 多米高的陡坡上，路面已经结冰，车轮稍微一动就可能打滑，司机们谁也不敢继续往前开了。这时候，正好其美多吉的邮车开来了。

多吉下车仔细察看了一下，说：“我有经验，我帮你们开过去吧。”“这……这可不是开玩笑啊！”“相信我！”多吉胆大心细，一个人一次次地上上下下，竟然把 20 多辆车子都安全地开过了这段令人望而却步的险坡。

20 多辆车子开过去时，他已经浑身是汗。回到邮车上时，汗水湿透的衣衫冷冷地贴在他的身上，冻得他直打哆嗦。不过，听到前面每一辆车都用响亮的鸣笛向他致谢时，他的身心瞬间又觉得无比温热了。

还有一次，也是大雪天，他开着邮车经过石门坎时，看到前面的路面有一个坑，就下车到路边去搬石块来填上。可是，当他弯下腰去搬石头时，突然发现雪地上还躺着一个人，嘴唇都已冻紫了！多吉心里一惊，还以为这人已经被冻死了，就赶紧伸出手在他鼻下探了一下，还有气息！多吉立马脱下皮大衣紧紧裹住他，给他增加热量，然后把他抱进车里，快速往德格县开去。

这个人总算得救了！事后，他找到其美多吉，流着热泪说："恩人哪！要不是碰上你，我这把骨头就扔在雀儿山上了！"这样的事情，多吉做了一次又一次。他的同事们说："多吉真了不起呀！竟把一条风雪弥漫的雪线邮路，变成了一条有温度有温情的路！"

2月15日凌晨，天快要亮了。肖文远告诉多吉："多吉师傅，现在，最难走的路已经被我们甩在后面了，离目的地已经不太远了。"

多年来，其美多吉养成了一个非常好的习惯：每天都把自己心爱的邮车擦拭得干干净净的；自己的穿着也总是无比整洁。所以很多人都说，多吉看上去不像一位邮车司机，更像一位艺术家。

这时候，多吉就建议肖文远："我们在前面的服务区里稍微停一下，整理一下，可不能让湖北的同事看到我们疲惫不堪的样子，要让他们感到，我们不仅是来送防疫物资的，也是来给湖北的同事们加油、打气，送来希望和信心的！”肖文远一听，十分赞同，笑着说：“多吉师傅真不愧为‘老司机’呀，姜还是老的辣啊！”

最后，两个人的聊天，就在“我们是党员，我们不上谁上，身上的绿色制服就意味着责任……”中结束。

东方的天际已经露出了一抹微光。“曙光在前了！”多吉和肖文远相视一笑。他们都知道，黎明到来之前，邮车就能抵达武汉了。

这时候，离武汉还有一段距离，肖文远很想听听其美多吉孤身勇斗歹徒的那一次历险故事。但多吉不肯多讲，因为那是他心中痛苦的回忆……

原来，在那条雪线邮路上，沿途不仅路况险要复杂、气候异常恶劣，以前还常有一些目无法纪的车匪路霸在黑夜里出没。

2012 年 7 月，其美多吉就遭遇了一伙劫匪。那天晚上，多吉开着邮车行驶至一处陡坡，车速减慢时，路边突然冒出了十几个人，挥舞着砍刀、铁棒等凶器，把邮车团团围住。歹徒们一边打砸着车门，一边疯狂地往车上爬去，准备抢劫邮车上的物品。

邮政工作中有一项规定：每一车邮件中，都有一个特别的邮袋，里面装着机要邮件。“大件不离人，小件不离身”是对机要邮件管理的特别规定。为了保护邮车和机要邮件，多吉跳下驾驶室，拦在邮车前面，对着歹徒们高声吼道：“你们要打就打我吧，不准损坏我的邮车！”结果，砍刀、铁棒加上拳打脚踢，一齐朝多吉袭来。

这次遭劫遇袭，多吉的肋骨被打断 4 根，头皮被砍翻了一大块，右耳朵被砍伤，左脚左手静脉被砍断，还有多处骨折，全身有 17 处刀口。送到医院后，手术持续了 8 个小时才做完。之后，他在重症监护室里躺了 7 天，又在住院部住了半年，中间又经历了大大小小的 6 次手术。

他醒来后，最挂念的是邮车和邮件。幸好，车上的邮件全部被追回了。多吉对妻子说：“要是邮件追不回来，我是真的没脸再当邮运人了。”

当时，他的伤情虽在好转，但左手和左臂却一直动不了。“我们藏族人穿的藏袍有根腰带，当时我连腰带都系不了。

一个藏族男人，如果系腰带都需要别人帮忙，还有什么尊严。”想到这里，从来没有向艰难困苦和劫匪歹徒们低过头的多吉，这个高大的藏族汉子，竟难过得流出了泪水。

为了能重新回到工作岗位上，再次握住邮车的方向盘，多吉四处求医。他竟然还忍着剧烈的疼痛，强行扯断了已经粘连起来的肌肉组织，好让它们重新康复和准确愈合。这得需要多大的毅力和多坚韧的心哪！坚强的多吉咬紧牙关，竟然把一般人无法想象、无法承受的剧痛，默默地扛了下来。

咬着牙坚持两个月后，奇迹出现了！手上受损伤的运动机能总算恢复过来了。伤愈后，多吉不顾同事和家人的劝阻，立刻回到邮政车队报到了。回归车队那天，同事们为他献上了洁白的哈达，他转身把哈达系在了绿色邮车上。

“人要凭良心做事，是组织的关心和同事的帮助，让我得到了及时救治，获得了第二次生命。我要带着一颗感恩的心，重新回到雪线邮路上。”多吉这样说道。

2月15日上午9点30分，其美多吉和肖文远的邮车，终于驶进了武汉市内，停在了武汉邮区中心局的院子里。从成都开到武汉，这段漫长和难走的路程，他们仅仅用了17个小时。此时，绿色邮车的车顶上，还覆盖着一层雪花。

“辛苦了，其美多吉师傅、肖师傅！”“好样的！你们是当之无愧的‘最美奋斗者’！”武汉和湖北的同事们一边卸车，一边纷纷向他们道谢和表达敬意。

这趟邮车带来的物资中，包括口罩 39 件 100500 个，防护服 34 箱 1000 件，猪肉罐头 50 件。此外，邮车还整齐地码放着 5 箱共 200 台收音机。

其美多吉告诉武汉的同事们：“来之前，我们做了点‘功课’。武汉患者很多，患者心理压力很大，我们了解到，武汉方舱医院的患者可以通过电台随时了解疫情动态，因此受四川广播电视台的委托，把这 200 台收音机送到患者身边，希望他们每天能听到政府的关心、大家的支援，这样可以驱散焦虑，稳定情绪，坚定抗疫必胜的决心和信心。”

11 点 10 分，卸货和装货都完毕了，多吉和肖文远连午饭都没有留下来吃一口，就又跳进驾驶室，踏上了返回成都的路途。“肖师傅，返程路上咱们可以稍微轻松一点了，来，我给你唱一首我们藏族人的歌。”多吉说着，又像往常出车的时候一样，轻轻地唱起了他最爱唱的一首藏族歌曲：

一双粗糙的大手，
刻满人生酸甜苦辣，
世上只有雪山崩塌，
绝没有自己倒下的汉子。
要是草原需要大山，
站起的一定是你，
憨憨的阿爸……

邮车刚出发不久，湖北境内又下起了大雪。漫天纷扬和飞舞的雪花，好像在默默地为多吉和肖文远的邮车送行。

2020 年初春，武昌梨园

辑二

故乡月明

当我从光滑的牛背上滑下来的那一天，我也真正长大了。

小溪奔向海洋

三十多年前，我们那个靠近大海的小山村还算是比较热闹的，村里有不少年轻人，尤其是放暑假和寒假的时候，在外面上学念书的人都回到了村里。即便是再苦再累的年月，小小的山村里也飘荡着年轻人的歌声和欢笑声。从村口通往外面的乡村大道上，也总能看到年轻的小伙子和姑娘们挥舞着长鞭，赶着骡马大车，往谷场上运送麦垛和玉米垛，或者往田野上运送肥料。大车应和着响鞭驶过去了，一路上洒下了青年男女朗朗的嬉笑声。

那时候，我也经常和村中几位要好的伙伴一起，站在家乡高高的山巅上，甚至攀爬到山顶那些高大的、结满松塔的松树上，遥望远方的天空和天空下蓝得耀眼的海角。我喜欢看那隐隐约约的、总是看不到尽头的海平线，喜欢看在海面上缓缓移动着的白色帆影……

有时候，我们也沿着丛林和芦花飞舞的山道，在暴风雨里骄傲地奔跑，“哟嗬嗬……”地高声呼叫。一边奔跑和呼叫，一边挥动着草帽和脱下的衣服，每一个小小少年，仿佛都怀着一颗无所畏惧、勇往直前的心。当夏日的骤雨过去之后，天地间一片澄净，美丽的彩虹升起在山那边，大海上有大团大团的白云在翻涌、舒卷，就像有一双看不见的巨手在推动着白色的群山。

那些年月里，故乡胶东半岛上的日子还比较艰辛和贫困，我们这一茬少年又正处在长身体的时候，却经常要为衣食发愁，被饥饿折磨着。感谢故乡大地的恩赐，田野里，河溪中，树木上，凡是能够填饱肚子的东西，无论是野菜、野果、榆钱儿、植物的块根和嫩茎，还是偶尔从树巢上掏到的鸟蛋、在草丛里捡到的野鹌鹑蛋、从田鼠的地洞里挖到的粮食、从河溪里摸到的鱼虾，还有生产队里尚未成熟的瓜果、豌豆、花生、玉米和麦穗，还有在田野烧熟的蚂蚱、豆虫之类的昆虫……只要是能塞进口里的东西，都在喂养着我、滋育着我。我也分明觉得，自己的身体正在迅速地发育和成长，我的身高，我的体重，我的肺活量，都在一天天地发生着变化。我就像从冻土地上苏醒过来的冬小麦一样，正在顽强地返青、拔节和抽穗，即将脱颖而出。而且，我的头脑中也开始拥有了一些奇怪的想法——夸大一点说，就是已经隐约地怀有某种幻想和抱负了。

当时，我已经读过高尔基的自传三部曲《童年》、《在人间》和《我的大学》，还读过一本不太完整的艾芜的小说《南行记》。我牢牢地记住了书里的这些话："生活条件越是困难，我就觉得自己越发坚强。……人是在不断反抗周围环境中成长起来的。""就是这个社会不容我立脚的时候，我也要钢铁一般顽强地生存！"

还有孟子的那段励志的名言，我也时常默默念叨过，安慰着自己少年的心："天将降大任于是人也，必先苦其心志，劳其筋骨，饿其体肤，空乏其身……"

也就是在这样年月的一个暑假里，我在家乡小镇的供销社里，买到了一本薄薄的、定价只有 0.11 元的儿童小说——白桦写的《小溪奔向海洋》。和现在的书籍相比，那时候书的定价真是便宜，一套四卷本的《约翰·克利斯朵夫》，也只要三四块钱。但即使再便宜，我也总是囊中羞涩，只能偶尔买一两本价格最低的"解解馋"。其实，那个时候也没有更多的书供你购买和挑选。《小溪奔向海洋》只是一篇短篇小说，印成书也只有薄薄的40页，搁在今天，是不可能印成一本单行本的。然而那时候竟然就能印成一本美丽的书，并且是由著名画家董辰生画的彩色封面，还有十几幅生动的黑白插图。就是这本薄薄的小书，真的如同一条明亮的、奔流不息的小溪，把我的心从家乡的村庄和田野上，从家乡清清的小河边和河边青色的山坡上，引向了远方辽阔的海洋……

这篇小说讲的是一个名叫顾杰的苦孩子，只有13岁，却由贺龙将军亲自批准，加入八路军赫赫有名的120师，成为一名光荣的“小八路”，从此走上了为人类求解放、为中华民族争取独立和自由的革命道路，并且在一次次执行任务的过程中磨炼了意志、增长了智慧，最终成长为一名杰出的战士。

白桦先生不愧为一位优秀的抒情诗人，他的这篇小说字里行间流淌着美丽的诗意，散发着浓浓的抒情气息。在小说一开头，他先向读者提出了一个问题：“谁知道江河是怎么形成的吗？”

接着,他用一段优美的散文诗般的语句,回答了这个问题：“其实，所有汹涌澎湃、浩浩荡荡的江河，在开始的时候，仅仅是些清净、冰冷的泉水，集聚在一起，在坡度比较大的山谷里活泼起来，形成幼小的江河—— 溪水，她欢歌跳跃，横冲直撞，爱怎么流就怎么流，花费了很多精力，走了数不清的冤枉路，那么曲折，几乎每一步都有一个弯儿。后来，有许多小溪找到了共同的方向，道路就越来越直了，成了江河，看起来变得庄重了，沉默了，拘谨了，但她却有了不可阻挡的力量，坚定不移地前进着，前进着，奔向海洋，奔向太阳……”

三十多年前，当我坐在故乡村东小河边的一个高高的瓜棚上，第一次读到这段文字时，眼前的一条清亮的河水，正在哗哗地奔向远方；我甚至还隐隐地听到了，在不远的远方，在大山的那边，辽阔的大海正在涌动着不息的潮声，好像是在召唤着我向它奔去……那一瞬间，我的眼里无声地噙满了青春的泪水。

小说开头的这段美丽的文字，从此以后我再也没有忘记过。在《小溪奔向海洋》的故事最后，作家写到了 1977 年夏天的一幕：那位在战争烽火中百炼成钢的小八路顾杰，已经成为我军的一位高级指挥员、一位赫赫有名的军长，他正在万里长江上指挥着一场武装泅渡和登陆演习。而这时候，曾经把他扶上战马、一步步引领他成长起来的贺龙将军，已经永远离开了我们。小说结尾的句子是："我清楚地看见，大江的水流沉默而庄重，但她有了不可阻挡的力量，坚定不移地前进着，前进着，奔向海洋，奔向太阳……"

回忆起坐在故乡的瓜棚上，陶醉地读着这本小说的情景，当时的天气、环境、小河的流水声、田野上的云影，还有自己双眸湿润、心跳加快的感受，都历历如在眼前。

我当时也曾想象过，自己就像故乡的一条小溪，正在积攒着一点一滴的水珠和奔流向前的力量。在未来的日子里，我也将绕过小小的村庄边缘，绕过青青的山坡脚下，穿过那些幽深的、茂密的苇草和倒伏下来的树丛的阻拦，甚至冲过河流中间那些大石头，一直向前奔流、奔流，奔向自己的海洋和太阳！

我相信，每一个人，在他的一生中，都会有一个如此美好和值得回味的时刻：朝气浩荡，壮志凌云，情不自禁地会为自己远大的抱负而感动，甚至也幻想着踏上为美好的理想而奋斗的旅程，哪怕是苦一些、累一些，流汗、流泪、流血，也在所不辞、无怨无悔，并且也憧憬和期待着终有一天，会有一双温柔而明亮的眼睛，在远方等待着自己、注视着自己，然后和我一道前行……

此刻，回忆起那个夏天的这段经历，我也不由想到了另外两位也是十来岁的少年的故事。1827 年春天，一个玫瑰色的黄昏，两位浪漫的俄国少年——14 岁的赫尔岑和他的挚友、13 岁的奥格辽夫，相约着来到莫斯科郊外的麻雀山上。面对正在渐渐西逝的太阳，这一对少年伙伴心潮澎湃，默默在心中发誓：要为各自所选定的理想奋斗到底，甚至不惜献出自己的生命……

若干年后，赫尔岑成了俄国著名的社会哲学家、政论家和文学家；奥格辽夫成了著名的民主主义革命家和诗人。有一天，当他们回想起少年时代的这个黄昏，赫尔岑仍然禁不住热泪盈眶。“不必再说什么了，”他这样写道，“我们的整个一生，可以为它作证……”

啊，小溪奔向海洋，这是一个多么坚定、庄严和美好的目标啊！——我能做到吗？坐在故乡的小河边，我曾这样问过自己。

一位童话作家说过，小溪流有一支不知疲倦的、永远也唱不完的歌；当小溪流汇入了无边无际的蓝色海洋，巨大的海洋也在唱着小小溪流的歌：永远不停息，永远向着远方……

果然，就在读过《小溪奔向海洋》这本小书之后不久，我毅然告别了故乡，朝着自己憧憬的明天奔去了。那时候，我似乎已经懂得了，我应该怎样去好好地生活。

2016 年 12 月 10 日，武昌梨园

时光老人的礼物

有一首朗诵诗，我在四十多年前的少年时代，多次和同学们一起朗诵过，至今还能背诵出全篇。但在很长时间里，我一直不知道这是哪位诗人写的，曾经问过老师，老师也不知道作者是谁。

你把东风带给树枝，
让小鸟快活地飞上蓝天；
你把青草带给原野，
让千万朵鲜花张开笑脸。

你把阳光带给山谷，
让积雪化成淙淙的泉水；

你把细雨带给田地，
让种子闻到泥土的香味……

你把春天带给我们，
这份礼物比什么都珍贵。
人说一寸光阴一寸金，
你比黄金要贵上千万倍！

世界上再没有谁，
比你更慷慨更公正；
你把一年的大好时光，
同样地给我们每人一份。
……

这首诗不算太长，像那个年代的许多新诗一样，每四行一小节。我们通常是两位或四位同学一起，分角色来朗诵。全诗收尾的一节是：

时光老人呀，请你瞧一瞧，

你给我们的礼物是多么美好！

灿烂的春光一望无边，

祖国的山河到处都在等着我们！

现在当然已经知道了，这是老作家袁鹰先生创作于1954年的一首有名的少年朗诵诗《时光老人的礼物》。

这首诗歌里不仅表达了少年人对祖国壮美的河山、对正在建设中的新中国的高楼大厦和工厂、铁路、矿山的热爱与向往之情，也抒发了少年们对远大理想的憧憬，渴望学到更多知识与本领，将来投身到祖国火热的建设行列里去的壮志豪情。此外，诗中也表达了对慷慨无私的时光老人的感念，勉励少年人要珍惜光阴、奋发努力。

这首诗是珍藏在我少年时代里的一段温暖的记忆，也为我的成长起到了润泽和励志的作用。

童年和少年时代里，生活虽然十分艰苦和贫困，但贫也不乏志向。相反，我倒是牢牢地记住了高尔基在他的自传三部曲《童年》、《在人间》和《我的大学》里面写到的一些话："生活条件越是困难，我就觉得自己越发坚强。……人是在不断反抗周围环境中成长起来的"，还有，"就是这个社会不容我立脚的时候，我也要钢铁一般顽强地生存！”

我记得，在村小学念书时，学校里有个传统：大清早起来爬山、跑步。有时鸡刚叫头遍，天还黑黢黢的，村子外面的山道上，就响起腾腾的脚步声和响亮的哨子声，甚至还夹着一阵阵整齐的口号声，好像部队操演一般。老师带着自己的学生们一起爬山、长跑，天天如此。尤其是在数九寒冬里，即使不穿棉袄，不戴棉帽子，照样可以跑得大汗淋漓、热气腾腾的。

等到进了中学，我已经觉得，自己不仅身体正在迅速地发育、长高，而且内心里也隐隐升起了一些梦想和抱负。也许正是这些梦想和抱负，使我自觉地热爱起自己的身体和生命来了。那时候，我的课桌里面常常贴着自己用毛笔写的两句话：“自信人生二百年，会当水击三千里。”据说这是毛泽东做学生时的格言。我也时常在作文里引用奥斯特洛夫斯基的那段名言“人的一生，应当这样度过……”来激励自己。我的周身涌动着的是一个贫穷的乡村少年的殷殷热血。

在家乡的联合中学念书时，学校几乎每个季节都要进行一次“军事化”的长途拉练行军，一走就是上百里。水壶、干粮袋、红缨枪，还有鼓动队员的喇叭筒等，都要带上，个个全副武装，沿途歌声、口号声、军号声不绝于耳。有时半夜里驻校的同学就把拉练的命令传到了各个村庄，无论是细雨霏霏还是大雪纷纷，我们都会听从着一个号令，从不给自己的班级丢脸，即使是脚板上打起了血泡也从不叫苦。只要集合号一响，“多严峻的战斗，我们也不会退后！”就像王蒙在《青春万岁》那首序诗里写的那样：“是转眼过去了的日子，也是充满遐想的日子，纷纷的心愿迷离，像春天的雨，我们有时间，有力量，有燃烧的信念，我们渴望生活，渴望在天上飞……”

是啊，谁不是从少年气盛、壮志凌云的日子里走过来的呢？那时候，我们这一代少年人，也大都非常熟悉马克思写在中学毕业作文中的一段誓语：“如果我们选择了最能为人类而工作的职业，那么，重担就不能把我们压倒，因为这是为大家作出的牺牲；那时我们所享受的就不是可怜的、有限的、自私的乐趣，我们的幸福将属于千百万人，我们的事业将悄然无声地存在下去，但是它会永远发挥作用，而面对我们的骨灰，高尚的人们将洒下热泪。”

是的，这就是那时候的我们。虽然单纯、幼稚、懵懂、年少气盛，但有的是理想和热忱，一个个都是十足的理想主义者和英雄主义者。我还记得，有许多次，仿佛要有意试一试自己的意志和胆量，我和几位要好的同学一道，在翻江倒海般的暴风雨中，沿着大青山古道骄傲地奔跑着。我们一边疯狂、漫无目的地奔跑，一边挥动着双臂，“哟嗬——”地呼喊着，好像每一个人都和大自然的风雨雷电融成了一体。暴风雨中的一切声音，都化作了我们生命的声音。我的周身，既充满了力量，也充满了胆量。

我们大声地呼喊着：“让暴风雨来得更猛烈些吧！”

而当暴风雨停住，大地重又归于平静的时刻，我们就会像一群胜利者一样，一起站在高高的、天清气爽的山巅上，遥看远处大团大团飞涌的白云，还有那依稀可见的迷人的海光；聆听着一阵阵如同交响乐一般的林涛的奏鸣，心中似有万种神秘的激情在冲撞、荡漾。这时候，我们又会对着远处的山谷，对着辉煌的落日，高声地朗诵起我们所喜欢的诗篇，如高尔基的《海燕》，毛泽东的《沁园春·长沙》《七律·长征》，还有袁鹰的那首《时光老人的礼物》。

有谁已经被时光老人逐出豆蔻年华很远很远了呢？那么，从这些诗歌中，也许可以找回往昔风华正茂的少年壮志，重新感受到那苦寒中的年轻生命力的色泽与芳华。

康·帕乌斯托夫斯基在他的《金蔷薇》里说到过："对生活，对我们周围一切的诗意的理解，是童年时代给我们的最伟大的馈赠。"这份馈赠，也是时光老人送给每个人的最好的礼物。因为，"三百六十五天，谁也不多，谁也不少；就看我们——能不能把你安排得最好"。

2018年11月14日，沙湖岸边

见字如面

老家的村庄里，以前一直保持着一个非常好的传统：每年一到腊月，村小学里那位颇有文采、字也写得漂亮的老校长，就会代表全村人，起草一封语气亲切和温暖的春节慰问信，然后铁笔银画、工工整整地刻写在蜡纸上。再由我们这些小学生做帮手，用粉红色纸张油印出来，好在春节来临前，分头邮寄到本村在外地当兵的现役军人、在外地工作的退伍军人，以及在外地工作的公职人员手中。

这封慰问信不仅要寄往外地，还会由小学生们敲锣打鼓地送到村里每一户军属、烈属家里去。

我记得，每年的慰问信都用这样一句话开头：“某某某同志：见字如面……”所有的慰问信油印好了，也装进了信封，我们就等着那位绿衣送信人来村里取走。

那时候，我们这些小孩经常攀爬到村口的大树上，盼着、等着那位“绿衣叔叔”到来。

晴天里，他骑着自行车，沿着青青的麦田旁边的小路，按着清脆的铃铛，不一会儿就飞驰到了村口。下雨天，他穿着绿色风雨衣，用力推着自行车，踩着泥泞小路，一步一步走进村子。就是大雪封村的日子，他也会戴着厚厚的棉帽子，穿着高高的筒靴，踏着没膝深的积雪来到村里，雪地上是一串深深的脚印。

送信人一来，孩子们就像快活的小喜鹊，很快把消息传遍了全村。大人和小孩们都紧紧围拢到他那辆自行车边，看着他从车子后座的大邮包里，取出一封封远方的来信。

只要有亲人在外地的人家，谁不盼望有一封自己亲人的来信呢？有的老人接到了来信，就迫不及待地拆开，让送信人念给他听。

“你大声点念，大声点念，让大伙儿都高兴高兴！”

“敬爱的父母大人：见字如面。儿在外地，常常想念双亲……”

“绿衣叔叔”高声念着书信，这时候，一家的欢乐，立刻就变成了全村人的欢乐；一户人家在外地的亲人，也成了全村人在外地的亲人。

时间一长，村里头哪户人家有个儿子在哪里当兵，谁家里有个什么亲人住在哪个省份里，这位送信人心里都清清楚楚。所以，谁家又有远方来信了，哪家来了汇款单，送信人一进村口，就会准确无误地直奔那条胡同、那户人家而去。就连我们这一茬小孩，他也能一一叫出每个人的名字来。

那些年里，乡亲们要给外地的亲人邮寄一点过年过节的东西，能够拿得出手的，也无非就是几双亲手纳的结实的鞋垫，亲手做的“千层底”棉鞋，要不就是几斤新收获的花生米，几斤刚刚晒干的红枣。花生米一定是精心挑拣出来的个头最大、最饱满的，用结实的白布袋装好缝好，然后等着送信人再来村里时，就托他带到邮电所里邮走。

那时候，我的叔叔在外地当兵，是一位海军战士，要经常乘着军舰出海远航。我最盼望的也是叔叔从远方的来信。叔叔会在信里给我描述他们守卫的海岛的景色，还有远方的城市和海港的样子。有时，书信里还会夹着一两张相片。有一张相片是叔叔和他的几个战友站在军舰甲板上的留影，每个人都穿着蓝色横条纹海魂衫，看上去那么英俊、威武。在那个年代里，在我童年和少年时代的小村里，叔叔的每封家

送信人一来，孩子们就像快活的小喜鹊，很快把消息传遍了全村。大人和小孩们都紧紧围拢到他那辆自行车边，看着他从车子后座的大邮包里，取出一封封远方的来信。

书和寄回家的相片，都引起过我深深的钦羡和向往！我从小也记住了他们那艘军舰的名字："高邮号"。

"寄来的花生米收到了，一颗颗饱满的花生，让我闻到了家乡丰收的气息。儿在外面，为国家守卫万里海疆，这是无限光荣的职责，万望二老不要惦念。大侄儿明年该上初中了吧？望奋发图强，继续努力，不断进步……祝愿家乡来年风调雨顺，祝愿父母大人幸福安康！"

叔叔来信里的许多话，我都牢牢记在了心里。当然，每次收到叔叔来信，我们全家人也都很感激那位送信人，那位"绿衣叔叔"。

那些年里，他还会准时给我们小学校送来最新的《中国少年报》。这是老师给我们订阅的报纸。报纸一到，我们就围在老师身边，听他朗读上面最新的故事。

不知不觉，我们这一代人都长大了。那位绿衣送信人，也一年年变得不再那么年轻了。

后来，村里有了电话，有了手机，远方来信也就越来越少了。那位送信人偶尔还会来村里送信。有几次，我回乡时还碰到过他，他还能准确地叫出我的名字。每次见到他，我都觉得更加亲切。但我也发现，他的额头有了皱纹，鬓角也有点灰白了。

又是很多年过去了，有一天，在省城里，路过一家邮局时，我突然看到里面有个熟悉的身影，正俯身在桌子上写着什么……

“绿衣叔叔！”我惊喜地叫着，奔了进去，“原来真的是您呀？怎么，您来省城邮局工作了吗？”

“哦，没有，没有。”他有点不好意思地笑了笑，说，“说出来，你可不要见笑呀！是这样，再过半个月，我就要退休了。你知道，我给人们送了几十年的信，可我自己，从来也没有收到过一封信……”

看着桌子上的信纸、信封和邮票，我一下子明白了。原来，他是赶在退休前，特意来到远方，要给自己写一封信、发一封信！

“我估计着，几天之后，我在家里就能收到这封信了！不瞒你说，我老早就想体验体验，收到一封远方来信的感觉……”他一边说，一边粘好信封，贴上邮票，然后投进了绿色邮箱里。

“日子过得真快呀！转眼间你们都长大了，我也老啦，人们也不再需要送信人啦。”“绿衣叔叔”佝偻着背，朝我挥挥手说，“再见吧，小兄弟，我该去车站坐火车回家了。”走出了几步，他又转过身，笑笑说：“别忘了，要常回老家看看哟！”

那天，站在邮局门口，望着这位送信人远去的背影，我突然有了一个主意：我要邀请分散在各地的、我们那一茬已经长大的伙伴，每个人都写上一封书信，从不同的远方，寄给我们童年时代的这位“绿衣叔叔”。

我相信，不仅是我自己，还有别的伙伴，一定会在书信开头这样写道：“亲爱的绿衣叔叔：见字如面……”

2020 年 1 月 5 日，武昌梨园

远方

那时候，这个偏远的小山村还是热闹的，村里还有许多的少年。

曾经，他们一起站在家乡高高的山巅上，遥望着远方湛蓝的天空，天空下是一片蓝得耀眼的大海，大海上缓缓移动着银色的帆影……

曾经，他们沿着丛林和芦花飞舞的山路，在风雨里骄傲地奔跑，“哟嗬嗬——”地呼叫，一边奔跑呼叫，一边挥动着脱下的衣服。每个小小少年，都是那么勇往直前……

曾经，当弯弯的彩虹在山的那边升起，大海上有大团大团的白云在舒卷，他们会攀爬到结满松塔的松树上，眺望远方那永远也望不见尽头的群山……

可是，不知从什么时候起，村里的少年越来越少了。孩子们都不愿住在这样偏远的小村里了。他们就像在秋天里迁飞的椋鸟，纷纷跟着进城打工的父母远去了，去到了谁也不知道的城市和远方。

现在，只有小秋和另外几个孩子，还留在小小的山村里。

小秋是一个孤独的孩子。在他很小的时候，爸爸就离开了他，他和病弱的母亲生活在一起。他们住在小村的边上。离他的家不远处，有一个小小的火车站。

每一次，小秋背着柴火回来的时候，就会站在那里，默默地望上一会儿。火车鸣着汽笛驶来了，然后又鸣着汽笛远去了。

有时候，他会独自坐在晚霞映照的山坡上，看火车拉响汽笛向远方驶去，一颗少年的心，仿佛也跟着火车飞得很远很远。

小秋很爱他的母亲，小小年纪就担起了照顾母亲的重担。只是，他家的小屋总是黑咕隆咚的，低矮、暗淡，还有一些冷清。他从很小的时候，就学会了干各种各样的农活儿。挑水、砍柴、犁地……他是一个那么勤快和懂事的少年！

他和母亲在自己的乡土上辛勤地劳作着，过着平平淡淡和艰辛的日子。他家的小屋附近也没什么人家。小小少年的脸上，总是带着几分淡淡的寂寞和忧伤。

他仅有的一点欢乐时光，就是当他看到火车从远方驶来，在小站上停留那几分钟的时刻。

这时候，不管他手头正在干着什么活儿，一听到汽笛的长鸣，他就停下来，默默地望上一会儿。有时候，他也会飞快地向小车站跑去。他计算得是那样精确，几乎总是和火车同时到站。

黄昏的时候，每一节车厢里都亮起了温暖的灯光，车厢里拥挤着各种各样的人，看上去是那么热闹。对这个孤独和寂寞的乡村少年来说，这是一个多么快乐、生动、活跃的世界啊！

他的呼吸有点急促，额头上冒出了晶亮的汗珠儿。他出神地观望着车厢里的一切，心中好像生出了许多想象和渴望。

但只有短短的一会儿，火车又随着一声汽笛长鸣，隐没在了远方的夜色里。小村里又变得那么冷清了。

当然，还有远去的火车留给小秋的一天又一天孤单的日子。

有一天，病弱的母亲再也挺不住了，母亲拉着小秋的手，咽下了最后一口气。小小少年，永别了自己亲爱的母亲。

在母亲坟旁的大树下，他默默地坐了一整天，直到黑夜来临了，星星升上了远处的山峰。

当然，这个少年并不知道，当他的母亲去世的时候，当他孤独地默坐在母亲的坟前的时候，有个与他青梅竹马的小姑娘，也远远地站在不远处的草垛边，站在不远处的小树后面，心疼地看着他，默默地替他难过，好像正在分担着他的忧愁。

他们曾经一起站在山巅上，一起在风雨中奔跑，一起攀爬到大松树上眺望远方……

几天后，当黄昏的星星又在闪耀，火车又鸣着汽笛再次经过这里的时候，小小少年，背起一个小小的行囊，最后看了一眼自己的小村，还有母亲和他一起住过的小屋。

然后，他擦干眼泪，踏上了停在小站上的火车，毅然离开了自己的家乡，离开了这个冷清的小村。

去什么地方呢？天色这么晚了。

美丽的火车，孤独的火车啊，你将把这个孤独的少年带到什么地方去呢？在未知的远方，将会有什么样的生活和明天在等待着他呢？

是啊，在现代文明和快速发展的城市化进程中，一些山村和山村少年，正在经受着越来越明显的疏离感和孤独感。

一代代山村小孩的童年，正在经历和承受这种日薄西山般的失落、冷清，乃至消逝。

当小秋下决心离开这个小村的时候，他并不知道，那个小姑娘，也在悄悄为他哭泣。

她默默地站在远处的山坡上为他送行，看着火车鸣着汽笛驶向了远方。泪水，打湿了她手中的蓝色手帕。

此刻，大树，正在一棵棵地向后面退去……

小小少年，怀着一颗无所畏惧的心，踏上了自己新生活的道路。那是一颗向往远方、勇往直前的心。

他一定在梦想着，终于摆脱了眼前这种孤独、暗淡和冷清的生活。他一定在梦想着，自己也能像别的伙伴一样，有自己新的生活和明天。少年的心中，一定升起了自立自强和追寻远方的梦想的力量。

坐在安静的车窗边，望着渐渐模糊的家乡，小秋好像第一次露出了一丝丝笑容。他好像正默默地对着世界和远方说：“火车，火车，带着我去吧，不管你是往哪儿开……”

2018 年夏末

听得秋声忆故乡

孟浩然在《他乡七夕》中云：“绪风初减热，新月始临秋。谁忍窥河汉，迢迢问斗牛。”杜牧在《秋夕》中云：“银烛秋光冷画屏，轻罗小扇扑流萤。天阶夜色凉如水，卧看牵牛织女星。”每年立秋之后的第一个民间传统节日，就是七夕节。

一提到七夕，眼前瞬间就会闪过儿时在胶东老家过七夕的情景：朗朗秋夜，沁凉如水；纤云弄巧，流萤无声。灿烂的星光下，沙沙的玉米林边，围坐着一群满怀着美丽梦想的乡村少年。远处，白茫茫的大海在闪耀着神秘的海光，隐隐可听见生命的潮声在喧响，从遥远的天边一直传到我们的心中。

故乡的七夕，我们又叫它“乞巧节”。虽然不像现在有些地方叫的“少女节”“情人节”那么浪漫动听，但它留给我的记忆却是那么美好、清晰和久远。传说七夕之夜，是勤劳忠厚的牛郎和美丽善良的织女一年一度相会的时刻。老人们说，当更深夜静的时候，如果你凝神静听，就会听见从天河上传来的幽幽低诉的声音，那是牛郎带着两个可怜的孩子和织女团圆的声音。到五更时分，他们就又得含泪分别了……美丽的传说留下了美丽的忧伤，天上人间，代代相传。后来，每逢七夕，我总会心事重重地坐到半夜，总希望听到从天河上传来的幽幽低诉的声音。即使是夏夜乘凉时，我也常常这样想，不过直到现在仍然没有听到过——当然听不到的。幽幽低诉的声音自然是常有的，但它们都不是天上的，而是来自人间，来自我身边的亲人们的。

老人们还说，七夕之夜，女孩子们如果在天井里摆上香案，供上瓜果，再用七根丝线和七枚绣花针，坐在星光下穿针引线，便会从善织的织女那里乞得心灵手巧。不仅女孩子们呢，就是上学念书的小学生们，如果此夜手持纸笔，谦恭而诚实地在星光下揖拜，也会乞得聪颖伶俐的。

就因为这，我们那时候对七夕乞巧，总是做得郑重其事，不敢有丝毫怠慢的。是呀，谁愿意自己成为一个手脚笨拙、心灵愚讷的人呢？

小伙伴们一起动身制作和分吃“巧巧面”，也是乞巧的一种方式。从七夕那天早晨开始，村里的女孩子、小媳妇和小学生们，三五个人组合成一伙，每人端着小瓢儿，满脸含笑地挨家乞得一点点白面、花生、瓜果，然后到一个主办者家里，或到一棵老槐树下，或到一间扫得干干净净的老碾坊里——我们那一伙是年年聚集在村东玉米林后面的白沙滩上的——大家分头把做好的各种简易的面食，摆进一个个小碗里……一切准备停当了，天也黑了，星星月亮也升起来了。

这时，大家便轮流着对天上的星星默默祈愿，默念着自己所期盼的心事和愿望。结束后，大家便开始享用这顿真正的“自助餐”，谈天说地，且歌且乐，气氛十分活跃。把各自的心事寄予朗朗的星月，把美好的希望留在纯真的心间，天上地下，心心相通，即使是在艰辛和贫穷的年月里，我们的心中也充满了欢情与梦想。

小月是我们中间心最灵、手最巧的小丫，善良又美丽。她不仅书念得好，而且会绣花，会缝织，会做各种草编，是全村人人疼爱的小丫。我曾问过她，乞巧时在心里默默说些什么，她低头含笑，从来也不肯告诉我。

搭不成伙、吃不到百家乞来的“巧巧面”的人，也有办法。他们用自家的面粉做成一种面食，名曰“巧花”，也叫“饽花”，或莲蓬形，或金鱼形，或花篮形，或喜鹊形，或狮子形……都是先用各种木刻模子印好，再在锅里烘烤而成的。这种面食可以放得很久。我十几岁独自离开故乡到远方求学时，路上带着的吃的，就是老祖母为我做的半布袋“巧花”。远行人带“巧花”离乡，还有亲人们会年年等你到七夕的意思。那时候我还不知道，这是小月后来告诉我的。

我曾在一本书中读到过这样一段话：有一些人，在出生的地方他们好像是过客；孩提时代就非常熟悉的浓荫郁郁的小巷，同小伙伴们游戏其中的人烟稠密的街衢，对他们来说都不过是旅途中的一个宿站。这种人在自己的亲友中终日落落寡合，在自己唯一熟悉的环境里也始终只身独处。而一旦由于什么原因逼使他们远游异乡，经过了多少年后，作为一个漫游者重新回到他们离开了多年的土地与村庄，他们才会神秘地感到，原来只有这里才是自己的栖身之处；只有这里才是他一直在寻找的家园；只有在这里，他的心才能够安静下来……我常常想，我自己，是不是就是这样一个人呢？

有一年夏天，我终于有机会回到故乡的小村庄了。村头的那片空地，仍然种着我熟悉的玉米。青青的玉米叶子在沙沙作响。我放慢脚步，仿佛在寻找我的旧梦，在找寻我失落在这里的一切——我的身高、我的体重、我的肺活量，还有我童年的友谊、欢乐与忧伤……

穿过玉米林，我坐在那片白沙滩上。大海的潮声隐隐传来，又一次在我的生命里回响。我的眸子里无声地噙满了热泪。

我看到了当年的一些青梅竹马的小伙伴。岁月也悄悄地改变了他们的模样，但改变不了他们的神态、他们的声调、他们的质朴和热诚的心肠。他们一个个都有了自己富足的小家。多年来，他们都在用自己的双手，编织着整个家乡的新美的日子。

坐在伙伴们中间，一瞬间，我产生了这样一个念头：假如当初，我不离开家乡，还和伙伴们在一起，我会变成什么样呢？我把目光投向那片青青的玉米林。——没有谁能回答我，既然我已经离开了故乡。但我知道，远行的人，自会有远行人的故事。无论我在哪里，故乡永远都装在我的心中，我会好好地、认真地去对待生活，踏实地走好自己的每一步路。

2018 年农历七夕，鄂南

祖父和我

很小的时候，我跟着祖父祖母，在家乡的小山村里生活。

祖父给生产队喂养着四头黄牛和三头驴子。第二年春天，又添了一头小牛犊和一头小毛驴，祖父叫它们小黄和小灰。“小石头，你要好好照看小黄和小灰哟，和它们一起长大。”祖父对我说。

祖父给它们铡草料，总是铡得细细碎碎的，就像祖母切的葱花一样。祖父说：“小石头，你要记着哟，寸草铡三刀，没料也长膘。等你长大了，也要这样给牲口铡草料。”

那是贫困的年月，各家的口粮都不够吃的。祖父宁肯自己不吃，也要节省出一些玉米和豆子，把它们炒熟了，拌进牛和驴子的草料里。

有一次，小灰生病了，祖父心疼得睡不着觉，把自己的被子盖在小灰身上，给它发汗。

半夜里我醒来了，提着马灯去找祖父。

祖父守护在牛棚里，轻轻地抚摸着小灰，就像一位母亲，在守护着睡熟的孩子。

有了祖父的细心照料，小灰坚强地挺了过来。在秋天的大洼地上，它又和小黄一起到处撒欢儿了。

每次出去放牧，祖父总会背上一个大筐子，让我也背上一个小筐子，筐里还有一把小铲子。干什么呢？用来捡拾干牛粪。

“爷爷，好脏的啊！”

第一次捡牛粪，我把鼻子和嘴巴捂得紧紧的。

“小石头，你想一想，牛吃的是干净的青草，还能产下白花花的牛奶，你还会觉得脏吗？”祖父一边说着，一边把那些晒干的牛粪和驴粪，铲进筐子里。

“爷爷，那边还有好几坨呢，怎么不铲进筐子里？”

“哦，那是给那些野草留下的。你想啊，有了那些牛粪，明年小草们会长得更茂盛，等夏天一到，它们又会开花、结穗，小黄和小灰就会跑来吃掉它们……”祖父说。

太阳落山了，金色的星星在高高的山巅上闪亮，小村里，家家屋顶上都升起了淡淡的炊烟。

祖父和我，赶着牛和驴子们一起回家。

我看见，祖母站在村口的老柿子树下，正在等我们回家吃晚饭。祖母的手里，拿着要给祖父和我添加的衣裳。

祖父把干透的牛粪整齐地堆在屋檐下。没有干透的牛粪，祖父就戴上手套，把它们团成一个个圆饼，贴在石头墙壁上，好让太阳把它们晒干。

祖母做的玉米面窝窝头好香哟！每次吃窝窝头，我都会学着祖父、祖母的样子，一只手拿着窝窝头，另一只手放在下面，好接住掉下的渣渣。

祖父说："每一粒米饭，哪怕一点点玉米渣渣，都是土地赐给我们的，可不能随意抛撒呢！"

祖父吃煮熟的红薯从来不舍得剥皮，总是连皮一起吃掉。我也照着祖父的样子，连红薯皮一起吃掉。

祖父总是惦记着小黄和小灰，怕它们吃不饱，他走进牛棚里，把自己不舍得多吃的窝窝头一块块掰开，喂给小黄和小灰吃。

冬天到来的时候，祖母就用那些干牛粪烧火取暖。整个长长的冬天里，我们的小屋里和土炕上都是暖暖的。

太阳落山了，金色的星星在高高的山巅上闪亮，小村里，家家屋顶上都升起了淡淡的炊烟。

祖父和我，赶着牛和驴子们一起回家。

我看见，祖母站在村口的老柿子树下，正在等我们回家吃晚饭。祖母的手里，拿着要给祖父和我添加的衣裳。

奇怪的是，这时候我真的一点也不觉得牛粪脏了。在它们燃烧的火光和气息里，我好像还闻到了干草的清香。

正午的时候，阳光暖暖的，祖父把牛和驴子牵到村口的山墙边晒太阳。小黄和小灰，温顺地依偎在自己的妈妈身边，看上去是那么幸福和安静。光滑的皮毛，就像绸缎一样在阳光里闪亮。

祖父总是闲不住，他搅拌了一桶白石灰水，在村口的每一堵山墙上，都画上了一些白色的大圆圈。有的墙上，原来画过的白圆圈被雨水冲洗掉了颜色，祖父又把它们重新涂好。

“爷爷，为什么要画这么多白圈圈呀？”

“小石头，你猜猜看……哦，猜不出来？告诉你，这些白圈圈是用来吓唬灰狼的！”

原来，一进入冬天，山野里没有什么东西吃了，狼就会在黑夜里溜进村里找吃的，有时还会伤害到大人和小孩，还有牲畜和家禽。不过，狼生性多疑，只要它在黑夜里远远地看见这些白色的大圆圈，害怕被大圈圈套住，就一步也不敢靠近村庄了。

“这样哪，小孩子就不用害怕灰狼会进村了，对不对？”

“对呀，爷爷，我们的小黄和小灰，所有的牲口，夜晚里也可以安生睡觉了。”

祖父真是一个了不起的人，他的办法就是多。

我和小黄、小灰，都在慢慢地长大。

春天来了，布谷鸟在远处的山谷间歌唱。我赶着小黄和小灰，把一小袋、一小袋种子和肥料驮向田野。

这是祖父的田野、父亲的田野，是我们家乡一代代人的田野。祖父说，将来这也是我的田野。

我们用辛勤的汗水迎来了收获的季节。我赶着小黄和小灰，从山冈上驮回收获的玉米和花生。我的小脚印，和小黄、小灰的小小蹄印一起，留在家乡的每一条山道上。

有一次，小灰的小蹄子被山道上的石头碰破了，小小的带血的蹄印，就像一朵朵鲜红的石竹花，印在山道上，让人看了心疼。

我轻轻地抚摸着小灰说："对不起啊，小灰，让你受苦了！"小灰宽厚地摇摇尾巴，好像一点都不在意。

又一个秋天远去了，小黄和小灰在辛勤的劳作中变得更加健壮了。这天，祖父亲手给它们的每只蹄子上都钉上了崭新的蹄铁。

"要听话啊，小家伙，别害怕，钉上了蹄铁，就像穿上了新鞋子，再也不会被石头割伤了！”

穿上了新鞋子的小黄和小灰，看上去是那么神气。两个小家伙这里闻一下，那里蹭一下，互相追赶着跑来跑去，小小的蹄子下发出“嗒嗒”的声音。

我一只手搂着小灰的脖子，一只手抚摸着小黄的头。

“谢谢你，小灰，小黄，你们都是我最好的朋友！”

当我从光滑的牛背上滑下来的那一天，我也真正长大了。

长大了，我离开了祖父和祖母，离开了家乡，也离开了我童年时代的朋友小黄和小灰，到远方寻找我的前程去了。

许多年过去了，辛劳一生的祖父和祖母都早已离开了人世。

这么多年了，我也再没有见过小黄和小灰。它们一定早就长大了，也许已经变老了吧？

小黄和小灰，你们都在哪里呢？

小小的村庄变得我不认识了。但是祖父画的那些白色圈圈，还留在一些残存的墙壁上。

小村里的一些人家还保留着一个习惯：在长长的冬天里，用干透的牛粪烧火取暖。

“这是你爷爷留下来的习惯，我们得传下去。”一位长辈对我说。

我知道，祖父还留下一个习惯，早已变成了我的习惯。是的，你们猜对了：每次吃东西，我都会学着祖父的样子，一只手拿着食物，另一只手放在下面，好接住掉下的渣渣。

因为我一直记着祖父说过的话：每一粒米饭，哪怕一点点玉米渣渣，都是土地赐给我们的，可不能随意抛撒呢！

2018 年深秋，梨园

香樟树记

南国多嘉木，香樟树就是我心目中的嘉木之一。在我所居住的东湖畔，有一片经过多年的保护而幸存下来的香樟树林。每当黄昏时分，我喜欢沿着一条林中小路，走进这片寂静而幽深的由一些高大秀美的香樟树和枫香树组成的树林里，去散一会儿步，或在那里构思我要创作的散文和小说。这片香樟树林，大概和梭罗笔下的瓦尔登湖畔的那些树林差不多。暮秋时节，整个树林里落叶萧萧，金色的、琥珀色的、深红色的樟叶和枫叶，在大地上铺了厚厚的一层。逢到干爽的天气，金色的落叶被煦暖的秋光照耀得近乎透明，踩在上面实在有些不忍，我不由得会把脚步放得最轻。这时候，我会有意无意地叮嘱自己：别出声，轻一点踩过，再轻一点。我似乎真的听到了古人所谓的“秋声”，伴随着落叶的叹息，在泥土之下，在整个城市渐渐消歇的市声里，像暮色里的晚风，轻轻吹过。

香樟树真像是江南所有乔木中的“美男子”。也许是因为树林里的植株过于密集吧，每一棵香樟树似乎都有点“志存高远”的样子，都在努力地向上生长，这样才能争取到更多的空间和阳光，才能使自己的干枝得到更好的舒展。也因此，每一棵香樟树的树形看上去都是那么高大、挺拔和秀美。当然我也十分明白，它们的树干有多高大，它们的树根扎得就有多深。它们那旺盛、恣肆生长的力量，来自大地母亲的恩赐。

如果仔细观察，你会发现，每一棵香樟树树干外表的纹路，也是那么漂亮，堪称大自然和生命力的杰作。这些树皮上的纹路，都呈纵向的流线形，仿佛带着韵律感。其实，香樟树幼时的树皮是浅绿色的，而且十分平滑，并没有任何纹路。只有成年之后的香樟树，尤其是上了年岁的香樟树，树皮上才会渐渐出现黄褐色或灰褐色的纵向裂纹。这些流线形的裂纹，是香樟树们经历过风雨沧桑之后成熟的标志，是时间经过后留下的痕迹，就像人到中年以后，额头也会出现皱纹吧。香樟树的树纹，也让我们看到了一种沧桑之美、生命之美。

我注意到，台湾绘本作家几米就特别喜欢描绘树林，而他画得最多的树木，就是香樟树。香樟树秀美的树形、茂密的枝叶、富有韵律感的树表的纹路，几乎成了几米绘本里的标志性形象。其实，香樟树不仅外表有这么美丽的纹路，它作为优质木材的内在的纹路、内在的美同样是俊雅无匹的。木匠们也许不知道该怎么形容樟木上的那种漂亮的纹路，于是就想到读书人写的文章上去了，他们在“章”字旁加了一个“木”字，就做了香樟树的树名。实际上，美丽的香樟树也真的当得起这个“章”字，它们是大自然的圣手写在大地上的一篇奇异的生命与绿色的华章。

我在香樟树林里散步的时候，常常驻足仰望那些高大而秀美的香樟树。慢慢地，我还发现了一个奇特的景象：通常，许多的落叶乔木一进入深秋或初冬，满树的叶子就会变黄、变红、干枯，然后随着秋风秋雨萧萧凋落，所谓“秋风扫落叶”。香樟树却不是这样。整个秋天和冬天里，那些叶柄细长、表面有着柿叶般的蜡光的樟叶，一直就那么顽强地固守在树枝上，风雨不动，也不改色，总是青青翠翠的样子。严冬过后，新的春天重返大地的时候，香樟树也和其他落叶乔木一样，每一根枝条上都长出了更加青翠的新叶。要等到所有的新叶都长齐、长大、长结实了，这时候，开始刮春风了，一夜风起，那些固守了一个漫长的冬天的老樟叶，才会毫不犹豫地、完全放心地、哗啦哗啦地凋落下来。只需一夜工夫，所有的叶子就会全部凋落干净，满树满枝上只留下朝气蓬勃、郁郁葱葱的新叶。那些凋落到地上的老樟叶，大都变成了深红色，有如萧萧“落红”，它们会伴着春夏的雨水，化作大树下的泥土和养料。毫无疑问，那些落叶的生命，已经在满树满枝的新叶上得到了延续。

香樟树的树形之美和内在之美，还不止这些呢。它的树干、枝叶、果实、根皮，时刻都会散发出淡淡的芳香，可以用来提制药用的樟脑和樟脑油。香樟叶和香樟果实的皮、壳、仁都含有油脂，气味芬芳。香樟的油脂是制造香皂、面霜的好原料，据说比棉籽油、花生油的品质还要好。香樟树的树根，尤其是那些刚刚刨出来的老樟树的树根，你随便捡起一块，冲洗干净上面的泥土，放在客厅或卧室的角落里，一年四季都会闻到一种淡淡的、若有若无的香樟气息。这种气息还能驱避蟑螂、蚊子之类的虫子。用香樟木材打制的衣柜衣箱、书柜书箱和画箱等，也是深受人们喜爱的上等家具。

香樟树也是江南各地常见的绿化树、庭荫树和行道树，因为它们的根扎得深，能抗风，树荫巨大如伞，又耐修剪。

特别是用作行道树的香樟，园林工人为了让它们多长枝柯，好给行人遮阴纳凉，有时就会有意锯断它们粗大的枝干，甚至使它们变得光秃秃的。但是，要不了一两个春夏，它们又会变得枝叶茂盛，树荫如云。

香樟树也会开花，只是它太低调了，小小的、浅绿色的花朵，有如小米粒一般微小，在春夏之交，默默地开在每片叶腋下，很是隐蔽。如果不仔细观察，你根本看不见这些小花朵，而只能闻见它们的芬芳。当你在香樟树下散步和驻足，或者在长有香樟树的公园里晨练时，香樟树和它的小花朵散发出的淡淡芳香，会送给你更多的惬意。“樟之盖兮麓下，云垂幄兮为帷。合吾民兮将安，维吾侯之康兮乐欣。”唐朝文人、大文学家韩愈的门生沈亚之在他的名文《文祝延二阕》里为香樟树写下的这几句赞语，大概也就是这个意思吧。

到了深秋时节，香樟树上就结满了成熟的、紫黑色的浆果。这些圆圆的果实成了黑椋鸟、丝光椋鸟、鹊鸲、乌鸫、斑鸠和八哥们的美食。一到秋天和冬天，香樟树集中的地方，就会成为小鸟们的乐园。香樟树成熟的小浆果会吸引来大群大群的飞鸟，其中以黑椋鸟和丝光椋鸟最多。香樟树不仅给它们提供了取之不尽的美食，更用自己密集的枝叶，为鸟儿们提供了安全的聚会和游戏场所。有时候会有几百上千只黑椋鸟聚集在香樟树林里，尽情地盘旋，飞来飞去时简直有点遮天蔽日的规模了。

香樟树也是有名的长寿之树。在南方的一些古老村庄的村口，如果长着一棵树围几抱、冠盖如云的老樟树，那一定是这个村庄的“风水树”，一代代村民必会对它怀有深深的敬畏感。有的香樟树树龄可达千年以上。在贵州省沿河县官舟镇的燎炬村口，就幸存着一棵已逾千年树龄的老樟树，粗大的树干需六个成年人手拉手方能合围，树冠覆盖地面一千多平方米。据当地村民详细丈量和记录，这棵老樟树至今每年还以一至两厘米的速度增粗，它的庞大的根系已经蔓延了好几公里，甚至延伸到了离本村数公里之外的乌江河里。不用说，这棵千年老樟树已经成为当地百姓心目中的“神树”！站在这样的老樟树面前，你怎能不心生无限的敬畏？怎能不想到，老樟树坚强、隐忍、庞大、深沉的生命根系，老樟树年年岁岁吐故纳新、风霜不摧、不离不弃的宽厚怀抱，这不正是古老深厚的祖国山河和自强不息的中华民族祖祖辈辈的精神与灵性所化？

想到这些，我的心里漾起一种崇高和温柔的感情。不用说，我对本来就有无限好感的香樟树，更多了一些敬重感。我没有看错，香樟树实在是一种崇高的树、无私的树、有灵性的树。少年时代我背诵过老一辈革命家陶铸写的散文名篇《松树的风格》，也读过茅盾的经典美文《白杨礼赞》，至今难忘。如果说树木的品质确有高下之分，树木家族里也有自己的“英模谱”，那么，像松树、白杨树、香樟树，还有生长在中国南方的“英雄树”木棉这一类树，的确就是一些“不平凡的树”，是一些具有顽强的生命力和崇高的品格，象征着中华民族伟岸、朴质、坚强和力求上进、自强不息的精神的树。

2015 年 11 月，霜降时节，东湖梨园

辑三

赤子芳华

他们年轻的生命，像天山一样巍峨，也像大漠一样壮阔。

马兰村的歌声

许多歌都消失了。但有一支歌，永远在山谷间、在她充满感念的心中回荡。那支歌在哪里呢？是飘荡在哪一座高高的山头，还是在哪一朵玫瑰色的云彩下面？

啊，想起来，已经很遥远了……是啊，是那样遥远啊！

马兰村，是隐藏在太行山深处的一个小村庄。春天里，小村四周开满了白色的梨花和紫色的桐子花。到了秋天，满山的野板栗树和枫树的叶子，会被阳光晒成金黄色、深红色和琥珀色。每天傍晚，炊烟升起的时候，乡亲们会赶着他们的牛羊，从山冈上回到小小的村庄里。

这个小村庄，就是她出生的地方。

那是在 1943 年，中华民族伟大的抗日战争和世界反法西斯战争就要结束，胜利的曙光即将到来的时候。

邓小岚的爸爸邓拓、妈妈丁一岚，以及他们的战友，还有无数的中国人一起，正在与日本侵略者展开最后的、殊死的战斗。

邓拓当时是晋察冀日报社的社长兼总编辑，丁一岚也是晋察冀日报社的一名工作人员。1942 年 3 月 7 日，邓拓与丁一岚这一对革命恋人和战友，在平山县南滚龙沟村的一间农家小屋里，举行了一个极其简朴的婚礼，正式结为夫妻。

第二年，在阜平县一个名叫“马兰”的小山村里，他们的宝贝女儿小岚呱呱坠地了。

爸爸对忧心忡忡的妈妈说：“不用担心，侵略者就要被我们赶出太行山、赶出中国了，小宝贝这时候来到人间，是在向我们预报和平的消息呢！”

小岚出生后，这对年轻的夫妻把她寄养在马兰村的一户老乡家里，他们打起背包，奔赴前线去了……

当时，抗日烽火正在熊熊燃烧。1943 年秋冬时节，日寇对我太行山根据地进行了 3 个月疯狂的“大扫荡”。太行山军民在草木萧萧的山坳里，度过了抗战以来最艰苦的一个时期。

邓小岚是吃着太行山母亲的奶长大的。在马兰村老乡家的土炕上，在太行山老爷爷古铜色的脊背上，在小毛驴驮着的柳条筐里，在村里的大哥哥的肩膀上……她像太行山中那些漫山遍野的在风雪中挺立的野板栗树，从一棵小小的幼苗，一天天长成了坚强、挺拔、枝叶纷披的青翠小树。

抗战胜利后，爸爸妈妈回到马兰村，把她接回了自己的家。乡亲们用小毛驴驮着她，一直送到了村外很远很远的地方。

“小岚子，记得要回来哟——”

小伙伴站在高高的山头呼喊着她的名字。

“永远会记得的！我一定会回来的！”当她朝着山巅上的小伙伴，朝着依依不舍的乡亲们，朝着炊烟袅袅的马兰村，不停地挥着蓝布手帕的时候，她忍着眼泪，在心里说道。

为了感念马兰村对自己女儿的养育之恩，感念太行山腹地的这个小村庄在艰苦的战争年代为革命做出的巨大牺牲，邓拓后来就以“马兰村”的谐音“马南邨”，作为自己的一个笔名。

2004年，邓小岚已经60多岁了。敬爱的爸爸、妈妈，都已离开了人世。马兰村的爷爷和奶奶，还有她熟悉的一些乡亲，也都不在了。可是，小岚子的心，还是60多年前那颗心，把生她养她的马兰村，还有太行山的乡亲们，时刻装在心里，到老不变。

这年春天，桐子花盛开的时候，她再次回到马兰村，完成了爸爸、妈妈一个未了的心愿：他们在村口立起了一座简朴的纪念碑，永久地纪念60多年前，被日寇残忍杀害的19位马兰村乡亲……

那是一段残酷和悲伤的记忆。就在她出生那年，大雪纷飞的冬天里，日本强盗包围了马兰村，逼迫乡亲们说出抗日领导机关和小岚的爸爸、妈妈转移到哪里去了。

可是，在侵略者的刺刀下，乡亲们报以冷冷的沉默，没有谁向侵略者吐露半点秘密。最后，丧心病狂的侵略者枪杀了马兰村19位无辜的好乡亲……

侵略者夺走了他们的生命，但是，先辈们不畏强暴、保家卫国的故事，从此开始在马兰村一代代后人的口中传颂着。

新中国成立后，邓拓担任《人民日报》社长、总编辑；丁一岚成为北京人民广播电台第一任台长。

小岚记得，妈妈告诉过她，马兰村本来是有歌声的。

妈妈当年也曾站在村口的老槐树下，挥动着手臂，教老乡们和孩子们唱过这样的歌：

红日照遍了东方，

自由之神在纵情歌唱。

看吧！千山万壑，铁壁铜墙，

抗日的烽火燃烧在太行山上……

可是，火烧雷击过的老槐树啊，就像战争中留下的孤儿。有多少痛苦的创伤，都收藏在马兰村和老槐树沉默的记忆里。不知从什么时候起，马兰村里再也听不见乡亲们和孩子们的歌声了……

黎明和黄昏时分的小树林里，怎能没有小鸟们的欢唱？就像桐子花掩映的马兰村边，怎能没有小溪在潺潺流淌？

于是，从2004年春天开始，为马兰村“找回失去的歌声”，就成了小岚心中最大、最美的一个梦想。

当时，村小学的校舍实在是破败不堪。她一回到北京，就发动家人和朋友们出资捐助，为村小学重新修建了七间漂亮的校舍。从教室、宿舍到卫生间，都是她自己设计的。

清晨，在小操场上升国旗的时候，老校长用小学校里唯一的一支笛子，吹奏着我们熟悉的国歌。

当看着孩子们在断断续续的笛声里，举起右臂，朝着鲜艳的国旗行少先队队礼的时候，她在心里说：“不要失望，乐器会有的！歌声也会有的！一切，都会有的！”

从那以后，她一次次往返，把家人和朋友们用过和捐赠出来的各种乐器，带到了马兰村。马兰村的孩子们，也第一次认识了手风琴、小提琴、吉他和曼陀铃……

哆来咪，哆来咪，
哆来咪发索拉梯……
“哆”，就是那一只母鹿；
“来”，是太阳光辉；
“咪”，是我，是我自己；
“发”，是路程跑得远；
“索”，是穿针又引线；
“拉”，就跟在“索”后面；
“梯”，是我们吃茶点……

在小学校洒满阳光的操场上，她按着风琴，开始了她和马兰村孩子们的第一堂乡村小学音乐课。

她也教孩子们如何用一片小小的叶笛、用一支绿色的草哨，吹出美丽的音乐，吹出对家乡和大地的赞美……

从那以后，她也熟悉了从北京到马兰村沿线的每一个小站、每一条隧道、每一片田野。

“啊，不要问我心在何处，我的心在马兰。啊，不要问我家在何处，我的家在马兰……”她在心中默默地改写了彭斯的诗。

是的，在那里的山冈和田野上，在小河畔的牧童们的牛背上，在黎明时分的鸡啼声里，在傍晚时淡淡升起的炊烟里……她找到了自己的“初心”。

当洁白的梨花和紫色的桐子花又一次盛开的时候，她把已经退休的老伴也邀请到了马兰村。他们一起在小学校里组建了马兰村的第一个小乐队，还一起创建了马兰村的“儿童音乐节”。

他们带着太行山的新一代孩子，在芦花飞舞的山冈上唱歌，在悬崖飞瀑和山泉边唱歌，在历尽风霜的老槐树下唱歌，在村口的那座纪念碑前唱歌，也在小操场上迎风飘扬的国旗下唱歌……

啊，春天来了，春天来了，

它带着温暖，也含着微笑，

它一步步，一步步，

追逐着残冬，向我们走来……

沉重的往事，能使最坚强的人呜咽，但是伟大的音乐，却给沉默的心灵带来希望和温暖。她坚信，太行山的乡亲们不是没有笑容和歌声的。美丽的春天，总会融化冰河，唤醒沉睡的山谷和盛开的杜鹃。

2014年秋天来临的时候，邓小岚已经70岁了。

这年秋天，她迎来了人生最幸福的一个时刻。

她曾经应诺过孩子们："等你们把琴、把歌练好了，我带你们到北京去演出。"现在，应诺的事兑现了。

从太行山深处走出的"马兰小乐队"的孩子们，第一次坐上火车，来到了祖国首都北京，出席了第四届中国优秀特长生艺术节开幕式。孩子们表演的器乐合奏《美丽的家园》等，赢得了观众们最热烈的掌声。

乘着歌声的翅膀，在地球的光中，在人类的爱里，邓小岚仿佛看见，贝多芬在微笑，鲁宾斯坦在微笑，舒伯特在微笑……

她知道，总有一天，自己也会老去，老得再也走不动了。

但美丽的音乐永不消亡，马兰村的歌声再也不会失去了，它们将永远伴随在太行山乡亲们和一代代的孩子身边。

她甚至还想到了，到那时候，小小的马兰村，就是她最后的安息地。她会躺在这里，和她的太行山母亲、太行山父亲，和她熟悉的马兰村的乡亲们躺在一起。一棵棵山杨树和野板栗树，将友好地守护在她的身边。草丛里的蟋蟀们，会在月光下，轻轻地为每个人奏响温柔的安魂曲。而她，将会每天聆听着太行山的孩子们的歌声，深深地祝福亲爱的祖国，祝福每一个活着的人。

2017 年农历大暑，东湖梨园

戴红星斗笠的小姑娘

茫茫黑夜里，一支穿着草鞋、打着火把的红军队伍，跨过静静的于都河，向着远方，向着祖国召唤他们的地方奔去……

细妹子的爸爸也参加了红军。细妹子和妈妈站在路边，为爸爸送行。她踮起双脚，给爸爸戴上斗笠。明亮的火把，映照着爸爸坚毅的面庞。

妈妈也把一顶顶斗笠戴在年轻的红军叔叔们头上。每顶斗笠都是妈妈亲手编的，斗笠上描画着闪闪的红星。

“妈妈，爸爸和红军叔叔还会回来吗？”

“会回来的，等他们为穷苦人打出了天下，就会回来的！”妈妈一边教着细妹子编斗笠，一边告诉细妹子。

很多年过去了。爸爸和许多红军叔叔一样，都在远方牺牲了，再也没有回来。妈妈也不在了。当年的细妹子，变成了阿婆。

弯弯的山路伸向远方，就像阿婆长长的记忆……

战争年代里，阿婆把自己的丈夫和两个儿子，都送进了红军队伍。如今，只有墙壁上的旧相片，陪伴着阿婆的晚年。

阿婆很老很老了，可她每天还是闲不住。井冈山上多的是竹子，阿婆从小就跟妈妈学会了编斗笠。跟妈妈当年一样，阿婆编的斗笠上，也描画着闪闪的红星。

每个星期天的早晨，小翠都会穿上一身小红军的灰布军装，戴上缀有红五星的八角帽，来看望阿婆。阿婆是小翠的太奶奶。

“哎，我们的‘红军小百灵’又飞来啦！”太奶奶轻轻地抚摸着小翠八角帽上的红五星，“太奶奶眼神不好使了，可这红五星红得真耀眼哪！”

有时，太奶奶会手把手地教小翠扎起竹骨，扯着柔软的竹篾，学着编起斗笠来。

“太奶奶，你编的斗笠好漂亮哟，游客们都舍不得戴，说要带回去留作纪念哪！”太奶奶听到小翠的话，可高兴啦！

“哦，不是太奶奶编得好，是客人们在念着红军的好哇！”

小翠是井冈山中学的一名少先队员。从四岁开始，每到周末，她都会穿上小红军的军装，系上鲜艳的红领巾，背上小小的扩音器，在井冈山上的各个景点，为远方来的游客当小小讲解员。

“请看，在这条窄窄的山道上，红军叔叔帮乡亲们挑过稻谷……”

她的声音，每一块水田能听见，每一片山岭也能听见。

“跨过这座小石桥，老乡们给红军驻地送过红米和南瓜……”

她的声音，每一片竹林能听见，每一条小河也能听见。

“就是在这个小小的山口，红军吹响了冲锋的号角……”

她的声音，每一座山口能听见，每一个小村也能听见。

“这座高高的山崖下，浸染过红军叔叔的鲜血。美丽的映山红年年盛开，是因为红军叔叔的鲜血浇灌过它……”

她的声音，每一棵松树能听见，每一丛映山红也能听见。

有时候，讲着讲着，她纯真的眸子里滚动着晶莹的泪花。她是想到了那些倒在血泊里的、年轻的红军叔叔的脸庞吗？是想到了自己太奶奶艰苦的一生吗？想到了太奶奶一次次送走的永远不再回来的亲人们的身影吗？

“来到这里，请大家把脚步放得轻一点，再轻一点。在这座高高的纪念碑下，安眠着无数红军叔叔的英灵……盛开在纪念碑下的这些像五角星一样的茑萝花，也叫星星花。但我们井冈山人更喜欢叫它们‘红军花’……”

她把脚步和声音，放得轻轻、轻轻。但是她轻轻的声音，纪念碑能听见，蓝天也能听见。

“当年，长长的黑夜里，红军离开井冈山时，为了不迷失方向，他们沿途每走上一小段山路，就会留下一颗红五星，作为指路标记，好让走在后面的人，循着红五星找到自己的队伍，永不掉队。红军叔叔们走了，但红五星永远留在了他们所经过的大地上，留在了这片山岭的羊肠小道上，就像红色的火种一样……”

她轻轻的声音，大地能听见，安眠在大地下的红军叔叔也能听见。

“第二年春天，当布谷鸟唤来了第一声春雷，人们忽然发现，红军走过的山岭上，到处开满了这种美丽的红五星花，星星点点，散布在春天的大地上……”

她清亮的声音，风能听见，云彩也能听见。

一天天，一月月，一年年……不知不觉，小翠已经坚持了七年，成了井冈山上有名的“红色小导游”。游客们都亲切地称她是“井冈山上的小百灵”“戴红星斗笠的小红军”。

她不仅会给远方来的游客们讲解家乡的红色历史、红色故事，有时也用小扁担把太奶奶亲手编的红星斗笠，挑到各个景点，分送给远方来的游客……

下雨天，圆圆的红星斗笠，为兴致勃勃的游客遮挡着绵绵细雨；晴天里，漂亮的红星斗笠就像井冈山的标志之一，成了游客们拍照留念时的“亮点”。

纪念碑下的花坛里，也开满了鲜艳的“红军花”。小翠带着游客们，弯下腰来，为美丽的小花浇水、除草……

“井冈山的乡亲们，为什么喜欢把这种鲜艳的小花叫作‘红军花’？因为它们是红军播下的红色种子，一条条开满‘红军花’的小路，年年在等待亲人们回来……”

她深情的声音，阳光能听见，彩虹也能听见。

“我有一个美丽的梦想，就是让全国、全世界更多的人，来到井冈山上走一走、看一看，它是工农红军和革命的摇篮，也是我们家乡最美的绿水青山……”

哦，她自豪的声音，河流能听见，群山也能听见。

太奶奶每天还在不停地编呀编呀，编出一顶顶美丽的斗笠。斗笠编好了，小翠照着太奶奶的样子，用毛笔蘸着红颜料，在斗笠上描画出一颗颗红五星。

站在弯弯的山路上，戴着红星斗笠的小翠，送走了一拨又一拨远方来的游客。游客们带走了美丽的红星斗笠，也带走了井冈山的故事，带走了对红军的热爱和怀念……

红军叔叔们走过的小路，弯弯曲曲伸向了远方，连着开满“红军花”和映山红的山岭、大地……

小翠能看见。阿婆能看见。游客能看见。

红军叔叔们，一定也能看见。

2021 年秋天

孔雀河边

——罗布泊采访纪事之一

一

天狼星，茫茫夜空中最亮的一颗恒星。在中国古老的星象学里，天狼星属于二十八星宿的“井宿”，是一颗“主侵略之兆”的“恶星”。我们的祖先，曾经把船尾星座与大犬星座连在一起，想象成一张横跨在天际的大弓，而箭头正对着那颗仿佛蠢蠢欲动的天狼星。宋代文学家苏轼《江城子·密州出猎》里的名句“会挽雕弓如满月，西北望，射天狼”，即源于此。

正是在这颗“主侵略之兆”的“恶星”之下，中华民族数千年来居安思危、枕戈待旦，虽饱受挫折，历经磨难，却自强不息，不断浴火重生。中华民族是一个与人为善、热爱和平的民族，但是，来之不易的和平与幸福，需要一代代人付出智慧、力量，甚至生命来保护。天狼星没有消失，战争也并非已经离开我们而远去。

那么，身处天狼星下，遥望茫茫天际，你可曾听见那些力挽强弓、响彻大地的奔马蹄声？你可曾看见狼烟滚滚之中，那些饮马瀚海、封狼居胥时的猎猎战旗？

二

没有到过罗布泊的人，怎么也不会想到，在这荒凉、贫瘠和风沙肆虐的沙漠戈壁上，竟然生长着一种生命力特别顽强又异常美丽的花朵——马兰花。

马兰花是罗布泊沙漠和孔雀河边的“吉祥花”。当严酷的冬季还没走远，人们苦苦盼望的沙漠之春还没有抵达冰封的孔雀河两岸，马兰花坚强的根须，就会最先在寒冬中苏醒和萌发，它们在泥土下面默默存活、忍耐着，感知和谛听着沙漠之上春天的脚步。虽然春天的脚步经常会被暴风雪暂时阻隔在荒原深处，但是，春天的脚步又终究是无法阻挡的。

随着残冬的步步退却，辽阔的博斯腾湖边，蜿蜒的孔雀河畔，坚冰开裂，残雪融化，马兰花在所有植物中最先焕发出新的生机和绿意，向人们预报了春天的临近。

果然，不用多久，天气渐渐温暖了，一簇簇蓝色的马兰花也含笑绽放。还有一些无惧无畏的小鸟，会飞到孔雀河畔那些蒙上了绿意的芦苇林里跳跃、歌唱；红柳丛又变得柔软、蓬勃而茂盛了；云雀欢唱着飞入云霄，沙鸡和“跑路鸟”也开始在戈壁上奔跑追逐，咕咕地呼唤着同伴……

从 1958 年起，张蕴钰将军开始率领小分队深入罗布泊沙漠腹地。之后，他们在离博斯腾湖、孔雀河不远的一个地方，打下了第一根木桩作为记号，然后向北京报告：“罗布泊，真是新中国核试验的一块‘风水宝地’。”

那天，当通讯员正在调试电台发报的时候，将军的目光被草滩上的一簇正在盛开的蓝色小花吸引了，忍不住问给他们做向导的一个维吾尔族小姑娘：“阿依古丽同志，这是什么花啊，这么美丽？”阿依古丽告诉他：“首长，这是马兰花，可香啦！”

就在此时，通讯员问道：“首长，北京在询问，我们现在的位置叫什么名字？”将军略一思索，脱口而出：“马兰，

月缺月圆，日落日升，他们洒下了一路心血，一路汗水，一路深情。春花秋月，柳暗花明，他们和衷共济，誓不言败，不离不弃，风雨兼程，用心血，用汗水和泪水，黏合着、焊接着他们攀向技术高峰的梦想的“天梯”。

就叫马兰！”

经中共中央和中央军委批准，张蕴钰将军率领着五万核试验基地建设大军，浩浩荡荡地开进了荒无人烟的罗布泊，来到了离孔雀河不远的马兰。

马兰地处天山南麓，东连罗布泊沙漠，西接塔里木盆地，距离博斯腾湖大约有十公里。在马兰周围的一些地方，有着具有维吾尔族、蒙古族、回族、满族文化特色的地名，如乌什塔拉、塔哈其、库米什、和硕、和静、博斯腾等。初到马兰的五万名从硝烟战火中走来的中国军人，加上数以千计的科学家、科技人员，在人迹罕至的大沙漠上，悄悄拉开了铸造共和国“核盾”的大幕……

从此，“马兰”这个地方和这个地名，就与新中国的核事业紧密联系在了一起。马兰，也成了张蕴钰将军和他的将士们，还有邓稼先、朱光亚等一大批科学家、科技人员毕生魂牵梦萦的地方！

后来，人们称赞张将军率领这支特殊的大军挺进大漠，是继王震将军率领垦荒大军进入新疆之后，新中国历史上又一支数万大军开赴西北边陲的“国家行动”。人们不仅把邓稼先、朱光亚等科学家称作“中国的奥本海默”，甚至也把张蕴钰将军与美国的这位“原子弹之父”相比，认为他们两个人至少有两点是极其相似的：一是因为大沙漠的风吹日晒，他与奥本海默的肤色都是那么粗糙黝黑；二是他和奥本海默一样，也曾踏遍了辽阔荒原上人迹罕至的不毛之地。

三

罗布泊，蒙古语称为“罗布诺尔”，意为“众水汇入之湖”。古时候，这里又被称为蒲昌海、盐泽、洛普池。曾经驰名西域的三十六国之一的楼兰古国，就坐落在这片广袤的沙海之中。然而，楼兰在历史舞台上只活跃了四五百年，便在公元4世纪神秘地消失了。

究竟是什么原因导致了楼兰的消失，说法不一。大约又过了1500多年，1900年，瑞典探险家斯文·赫定率领一支探险队，由罗布人奥尔德克当向导，艰难地抵达了罗布泊腹地。这位探险家后来在《亚洲腹地探险八年》一书中写道：“罗布泊使我惊讶，它像一座仙湖，水面像镜子一样，在和煦的阳光下闪烁。我们乘舟而行，如神仙一般。在船的不远处，几只野鸭在湖面上玩耍，鱼鸥和小鸟欢娱地歌唱着……”

后来有人分析，斯文·赫定当时所看到的“仙湖”，就是美丽的博斯腾湖。当他们一行离开博斯腾湖，沿着孔雀河继续前行一段之后，映入眼帘的便是一望无际、荒无人烟的沙漠与戈壁。他在书中详细记录了这次历险经过，他的考察队几乎葬身在这片沙漠里。因而他又在书中向世人宣称，这里根本不是什么仙湖，而是一片可怕的“死亡之海”。他甚至把这里称作“东方的庞贝”。

1964 年 4 月，当祖国的南方已是春暖花开、桃红柳绿的时候，在罗布泊沙漠上，残冬还在不停地肆虐着，一些红柳丛下还残留着未曾融化的积雪，一阵阵大风沙，夹带着冷飕飕的寒风，吹得人们睁不开眼睛，也望不见远处的道路。夜晚时分，一辆军用卡车在茫茫的、崎岖不平的戈壁上蜿蜒行进。卡车转弯时，车灯的光亮照耀着隐约可见的红柳丛、骆驼刺和崎岖的戈壁滩。

在这辆颠簸的大卡车上，坐着张蕴钰、李觉两位将军和朱光亚等几位科学家。他们将在这片沙漠里再次完成一些具体的实地考察。在这片远离人世、不为人知的沙漠深处，年轻的共和国调集的千军万马，为一个足以惊天动地的强国大梦，开始了艰难的征程。新中国的第一个核试验基地及试验现场，已经初具规模。

朱光亚把一条毛巾捆在脖子上，避免风沙灌进衣领里，手里还拄着一根从地上捡来的红柳棍。李觉将军半开玩笑地对他说道：“光亚同志，还记得毛主席说过的那句话吗？咱们制造原子弹，就好比让自己握着一根‘打狗棍’，有了这根打狗棍，什么恶狗咱们也不怕了！”

“是啊是啊，你看，我现在手里不正握着一根‘打狗棍’吗？”朱光亚笑着挥了挥手上的棍子。几个人不禁哈哈大笑起来。

“噗噗！”没有想到，大家一张开嘴，就被灌进了满口的沙子，于是又纷纷吐着嘴里的沙子，一边吐一边嚷：“好一个罗布泊！这叫‘未下马，先敬酒’，先来一个‘下马威’啊！”

“什么‘下马威’，再倔强的野马到了咱们手里，也要让它乖乖地听话！”他们一边说笑着给自己鼓劲，一边艰难地前行。一会儿步行，一会儿上车，前进了数百公里，才抵达了目的地。沿途，他们仔细地考察、了解和记录着公路、站台转运、气象、历年气候变化等数据资料。

第二天，一架军用直升机又轰响着飞过了罗布泊上空。

博斯腾湖，孔雀河，还有一个个像镜子一样的碱水泉……依依闪过。朱光亚望着下面热火朝天的建设工地，不由得对张蕴钰感叹道："司令员同志，了不起啊，这里真正是汇集了千军万马啊！"

张蕴钰是一位从小就参加了八路军、走进了抗日战争队伍的"老革命"，后来又在抗美援朝前线指挥过多次战斗，是一位职业军人。他望着下面的基地建设工地，不由得感慨说："是啊是啊，真不敢想象啊，六年前，我带着一个吉普车队第一次闯进这里时，就像当年的斯文·赫定一样，迷了路，好几天都在这里打转转。后来也是在这个季节，孔雀河刚刚开始裂冰的时候，我们再次来到这里，运来了两卡车石灰，在这里打下了一根木桩当作记号。那时候真没想到，这个打下木桩的地方，竟然真的就要成为中国第一颗原子弹的爆心位置了。"

这时候，朱光亚突然想到了他很喜欢的一首宋词，脱口念道："会挽雕弓如满月，西北望，射天狼！"

将军听了，禁不住叫好："嗯，'西北望，射天狼'！'锦帽貂裘，千骑卷平冈'！光亚同志，这很对景啊！"

将军和科学家这样说笑的时候，飞行员转过头来问道：

“司令员，我们在哪里降落？”将军膝盖上放着一张军用地图，目光依依追寻着地图的线路，然后在一个点上停留下来，用红蓝铅笔一指说：“就在这里，马兰！”

四

罗布泊荒原是顽强的马兰花生长的地方。当短暂的春天过去之后，所有的马兰花的叶子和花朵，又会化为泥土，滋养着来年的新的生命。马兰花就像那些牺牲在罗布泊核试验基地的英雄们的英魂。

那么，让我们这样去想象一下吧，现在已经变成马兰花、红柳、芨芨草、骆驼刺和胡杨林的肥料的英雄们的骸骨，都将随着一个个新的春天的到来，而萌发出青青的枝叶，向所有的后来者致意，点缀着这片神奇的荒漠，也瞩望着和平年代的祖国的大地与天空……

要奋斗就会有牺牲。那些曾经隐姓埋名、在罗布泊奋斗了一生的英雄们的热血没有白流。正是他们，用自己的青春、智慧、眼泪、汗水、血肉和生命，为我们的共和国铸造了一面强大的“核盾”，使今日中国的大国地位有了坚强的背后支撑，也为我们实现中华民族“两个一百年”的伟大复兴和宏伟、瑰丽的“中国梦”增添了更多的底气、自信和力量!

在罗布泊的日日夜夜里，无论是张蕴钰这些职业军人、朱光亚这些科学家和科技人员，还是负责场地施工和后勤保障的战士们，每个人的工作都是异常紧张和艰辛的。罗布泊荒原也的确不是什么“仙湖”之所。每年5月至8月间，甩袖无边的大沙漠上会出现翻江倒海一般的大雷雨和暴雨。盛夏时节，沙海里的气温可达38摄氏度，地表温度在40摄氏度以上。昼夜之间温差殊异，所谓“早穿皮袄午穿纱，围着火炉吃西瓜”。

入秋之后，这里不时地会刮起七八级以上的狂风。狂风起时，飞沙走石，天地茫茫，一片混沌。可是，就在这片自然条件极其恶劣的“死亡之海”里，那些先期挺进的建设核试验基地的部队官兵，已经开始了一场“特殊的战斗”。他们在这里开挖地基，拉着巨大的石磙子压路，推着车子飞奔，和泥、拉坯、制砖、打夯……他们为相继抵达的科学家和科技人员们建起了一栋栋营房、办公室、实验室和观察室。他们将一起在这里迎来震惊世界的“东方巨响”!

斯文·赫定怎么能够想到，在他走出罗布泊半个多世纪之后，这片“死亡之海”仿佛重新复活了！

一个晴朗、皎洁的月夜，张蕴钰将军拉着朱光亚在月光下的孔雀河边散步。千里荒原，边关冷月，不由得让人生出“江天一色无纤尘，皎皎空中孤月轮。江畔何人初见月，江月何年初照人”的思古幽情。

“司令员同志，你知道吗，奥本海默当年在美国主持那个著名的‘曼哈顿计划’，他们的工作条件，却比我们这里强多了！”朱光亚和将军边走边聊，谈兴正浓。

“哦，光亚同志，你是在美国喝过洋墨水的大科学家，请说来听听。”

“至少他们不会像我们的指战员一样，在罗布泊里睡地窝子、吃榆树皮、喝孔雀河的苦碱水啊！”朱光亚内心里对眼前的这位铁塔一般的将军和他的钢铁般的将士们，充满了敬意。

“奥本海默领导着整个团队，完成了被当时的美国总统杜鲁门盛赞为‘一项历史上前所未有的大规模有组织的科学奇迹’，不仅验证了科学技术的巨大威力，也为尽早结束第二次世界大战做出了不可磨灭的贡献。奥本海默因此成了举国上下、人所共知的英雄，被人们誉为‘原子弹之父’。司令员同志，你率领的这支大军所干的事业，正如当年奥本海默所干的事业一样啊！”

“不敢当，不敢当！光亚同志，你们这些大科学家、大知识分子，才是这番大事业的主力军哪！我听说，当年你们这些生活在国外的大知识分子，一听到新中国成立的喜讯，就毫不犹豫地抛弃了国外的各种优厚待遇，想方设法回到了新中国的怀抱里。”

“是啊，我们这些人，都是从旧中国走过来的，那些帝国主义国家带给我们这个民族的耻辱与苦难，大家都亲身经历过。这是我们每一个中国人永远的伤痛！因为新中国的诞生，我们这个多灾多难的国家和民族才有了指望！我们的人民真的是从此站起来了，帝国主义再也不敢任意欺凌我们了！我相信，现在大家的心情是一样的，是我们为祖国贡献力量的时候了……”

听到这里，将军的双眸有点湿润了。“说得好啊，光亚同志。不过我听说，你们这些人从国外一回来，就无一例外地从‘世界著名科学家’的名单上消失了。”

朱光亚笑了笑说：“从我们踏进罗布泊的那一刻开始，

我想，我们每个人都做出了最终的选择：为了使我们的祖国真正强大起来，真正能够立于不败之地，我们都甘愿一辈子隐姓埋名！”

“是啊是啊，”将军满怀感慨地说道，“如果我们选择了最能为人类而工作的职业，那么，重担就不能把我们压倒，因为这是为大家作出的牺牲……”

“那时我们所享受的就不是可怜的、有限的、自私的乐趣，我们的幸福将属于千百万人，我们的事业将悄然无声地存在下去，但是它会永远发挥作用……”朱光亚接着念诵道。

“而面对我们的骨灰，高尚的人们将洒下热泪……”

将军对卡尔·马克思的这段名言一直奉若圭臬。当他说到这里时，朱光亚看到，在皎洁的月色里，将军的双眸里充盈着晶莹的泪光。

在苍茫的月光下，在万籁俱寂的孔雀河边，朱光亚和张蕴钰，一位从美国归来的科学家，一位共和国的开国将军，不知不觉谈到了子夜时分。当他们走回到营房时，熄灯号早已经响过了。

许多年后，张将军在自己的回忆录里这样写道：“我们这支英勇的部队战胜各种困难的经历，是一幅波澜壮阔的历史画卷；这支建设大军里的每一个人，都是一段光辉灿烂的文字……”

五

在罗布泊沙漠上，还有一个令人惊叹的自然奇观：一株株高大、苍劲的胡杨树，就像一个个勇士挺立在千年的风沙之中。这些已经生长了数百年的胡杨树，有的已经死去了，但是它们的铜枝铁干，仍然倔强地挺立着，伸向空旷的天空，仿佛还在倾听那千年的风沙呼啸。胡杨树真是大戈壁、大沙漠上罕见的生命奇迹！只要它们活着，就千年不死；即使它们死了，也千年不倒；哪怕它们倒下了，又将千年不朽！

除了顽强的胡杨树，在苍茫的荒原上，还有红柳丛、骆驼刺、芨芨草……它们同样是一些坚韧不拔的绿色生命。有的红柳丛几乎被掩埋在大风沙中了，露在外面的枝条，还在大风中顽强地摇晃着，向世界昭示着生命的尊严与力量，也向世人诉说着这里环境的恶劣与残酷。

现在的人们几乎无法想象，20 世纪 60 年代里，在国家经济面临着极度困难，科技人员的研究条件、研究设备十分简陋和滞后的状况下，我们的科学家和科技工作者们，是怎样忍饥挨饿，和全国人民一样“勒紧裤腰带”，夜以继日地工作着。他们中的每一个人，一旦进入这个领域，便都无怨无悔、满怀自豪地给自己写下了这样一句话：“一辈子只做这一件事，就是核试验！”人们更是难以想象，他们使用着最简陋的计算工具，包括中国古老的算盘，每次却要计算出数万个数据……

这是何其浩繁的工作量，何其艰苦的运算条件，何其艰辛的劳作与攀登啊！月缺月圆，日落日升，他们洒下了一路心血，一路汗水，一路深情。春花秋月，柳暗花明，他们和衷共济，誓不言败，不离不弃，风雨兼程，用心血，用汗水和泪水，黏合着、焊接着他们攀向技术高峰的梦想的“天梯”。多少次的披星戴月，多少次的风餐露宿，多少个酷暑严冬，多少次的云蒸霞蔚，多少次的风雨彩虹。

朱光亚不愧为一位作风严谨的科学家，他用蝇头小字书写的那些报告，是那么工整、仔细，一笔一画，一丝不苟。其中，他在一份报告中谨慎地写道：“我们认识到，计划所规定的工作量是巨大的。无疑地，还有许许多多的困难需要局、所全体人员去努力克服。”接着，他又满怀信心地告诉中央：“但是，只要我们紧紧依靠部党组的领导与各兄弟单位的大力支持，全体工作人员团结一致、同心协力、严肃认真、紧张活泼地进行工作，实现上述计划指标仍是完全可能的。”

当他写着这份报告的时候，一场瑞雪，正在又一个新年来临的前夕，静静地落在北京城里……

徘徊在罗布泊的简易帐篷前，望着漫天飞舞的雪花，朱光亚知道，一场伟大的战役，正在黄沙漫漫的戈壁滩上考验着他和他的战友们、同事们，考验着新中国的一代科学家和新中国的一代钢铁战士。他们每个人心里也都明白，他们进入的是一个不为人知的战场，是一个看不见对手的战壕。党中央和全国人民都在期待着他们，毛主席、周总理也在等待着他们取得胜利的那一天！

“真是一场好雪啊！瑞雪兆丰年……”他喃喃自语着，禁不住搓着双手，觉得身上好像涌动着无穷的力量。

他这时候刚过 40 岁，正是年富力强的年龄。“男儿何不带吴钩，收取关山五十州。”“黄沙百战穿金甲，不破楼兰终不还。”……这一瞬间，他又想到了古代诗人那些豪气干云的诗句。他眼前又闪现出了沉睡千年的戈壁滩上，夜夜篝火通明的场景，火光中飘荡着将士们高亢的劳动号子声……

“是啊，有这样的好同志、好儿女，最后的胜利不属于我们的祖国母亲，还能属于谁呢！”他只在心里这样想着，却并没有说出口。

六

在进入马兰基地核试验场区的半路上，有一处三岔口，那是通往“7区”左侧和“8区”右侧的一个Y字形的上端处，那里有一个属于基地部队后勤部的兵站。兵站有一个美丽的名字叫“甘草泉”。

凡是驻守过甘草泉的官兵都知道这样一个传说：当年，在勘探核试验基地的时候，有两名探路的战士在沙漠里迷路了，因为又饥又渴，他们昏倒在了戈壁滩上。不知过了多久，两名战士醒来时，发现身边的一丛甘草旁，涌出了一股涓涓清泉，我们的战士因此而得救了。

“甘草泉”这个名字就像“马兰”一样，也有一点特殊的来历。据核试验基地原副司令员张志善将军回忆：1961年，通往“7区”的道路修通后，在此驻扎着一个道路维修队。有一天，几位基地首长来到这里，其中一位首长对道路维修队里一位姓郭的队长说，基地司令员和两位副司令员都姓张，你姓郭，干脆就把这里叫“张郭庄”吧。就这样，这个地方暂时叫了“张郭庄”。后来，朱光亚、王淦昌、程开甲等几位科学家进试验场时，几次路过这里，觉得“张郭庄”这个名字不美，于是，在一次办公会议休息的时候，大家一致通过，给这个地方改名为“甘草泉”。基地还在这股泉水边设了一个永久的兵站，作为进入核试验场区前的一处给养补充点。

啊，戈壁马兰花，大漠甘草泉！马兰花和甘草，都是罗布泊荒原上美丽而坚强的生命的象征。甘草是一种多年生草本植物，根茎有甜味，可以入药。甘草片的主要原料就是甘草。戈壁滩上能见到如此清澈和永不干涸的泉水，真是十分罕见和珍贵。它是大沙漠上的生命之源，也是罗布泊里的一处“风水宝地”。汩汩不息的甘草泉边，芦苇丛生，红柳繁茂，几乎就是戈壁荒原上的一个奇迹。

1993年秋天，已是古稀之年的朱光亚先生再次来到罗布泊。他依依不舍地看过了自己和战友们在红山营房住过的简陋的住处，眼前闪过了那些艰苦的却充满力量和热情的青春岁月……

在甘草泉边，他特意蹲下身来，双手捧起几捧清清的泉水，重新尝了尝。他觉得，这里的泉水还是那么清凉、那么甘甜！甘草泉的涓涓清流，曾经滋润过他们这代人在追寻强国梦想的岁月里所度过的无数个大漠的日子。

他告诉身边年轻的工作人员和战士们说："我们罗布泊人、马兰人，最珍惜的就是沙漠之水，无论是甘草泉的清泉，还是戈壁上的碱水泉。"他说："蒙古语里说的'肖尔布拉克'，就是戈壁沙漠上的圣泉的意思，这里的哈萨克牧民称之为'碱泉'。我们这一代在罗布泊里奋斗过的人，几乎有着一样的性格和命运：哪怕在碱泉里泡三次，在沸水里煮三次，在血水里洗三次，也痴情不改，无怨无悔！"

最后，他来到了马兰革命烈士陵园。他没要任何人搀扶，还特意穿上军装，穿戴得整整齐齐，神色庄严地、依依走过了那一排排洁白的墓碑，向着每一位牺牲在这里的科技英雄和将士默哀、敬礼。

"同志们，战友们，我来看你们了……"每走过一排墓碑，他都在心里不断地默默说道。他还不时地蹲下身来，轻轻地拔除了墓碑前的缝隙里长出的杂草。"同志们，战友们，你们都是国家的英雄和功臣，是中华民族的好儿女！你们安息吧！有一天，当我也走不动了，也要告别这个世界了，我也会来到这里，陪伴你们的……”

这是他真实的心声。凡是在罗布泊为了新中国核试验事业奋斗过的人，在他们去世后，几乎无一例外地都会留下一个遗言：把我送回罗布泊，送回马兰，埋在那些一同在这里奋战过的同志和战友身边……朱光亚自己也是这样做的。

2011 年 2 月 26 日，中国核科学事业的主要开拓者之一，一代杰出的科学家朱光亚在北京逝世，享年 87 岁。曾经与朱光亚并肩奋斗了将近半个世纪的一位老战友含泪回忆说：“朱光亚院士代表了一个时代。他亲身参与并见证了我国原子弹、氢弹、中子弹等核武器从无到有、从弱到强的发展历程，是那个时代的标志性人物。”

遵照朱光亚的遗愿，他的亲人、同志和战友，把他的部分骨灰送到了马兰，安葬在中国核试验基地马兰革命烈士陵园里。大漠，戈壁，红柳，胡杨，马兰花，甘草泉……共和国的一代科学功臣魂归马兰，长眠在他奋斗过的罗布泊荒原上。

2016 年深秋，马兰—库尔勒

马兰芳华

——罗布泊采访纪事之二

一

没有到过罗布泊的人，也许想象不到，在这荒凉、贫瘠和风沙肆虐的戈壁大漠上，竟然生长着一种生命力特别顽强又异常美丽的野花，名叫马兰花。马兰花是一种多年生草本植物，小花盛开时散发出淡淡的芬芳。春夏时节，在泥土湿润的孔雀河畔，在春水流淌过的荒野上和沟渠边，到处能看到马兰花蓝莹莹的姿容。

当年，前来罗布泊为核试验场选址的首任基地司令张蕴钰将军，正是因为一眼就看到了盛开在孔雀河畔的马兰花，在用无线电向党中央报告选址位置时，他脱口说出了“马兰”二字。从此，马兰这个名字就与共和国的核试验事业紧紧联系在了一起，也成为奋战在罗布泊的英雄儿女们自强不息、坚韧不拔和忠贞无私的精神象征。

新中国第一颗原子弹爆炸试验前夕，1964 年 6 月的一天，马兰核试验基地的一位首长，告诉了年轻的林俊德一个喜讯：基地研究所党组织正式批准了你的入党申请，从今天起，你就是一名光荣的中国共产党党员了，祝贺你，亲爱的同志……

在听到喜讯的那一刻，林俊德激动得热泪盈眶，双唇颤动着，却不知用什么言语来表达。“光荣啊，俊德同志！”首长轻轻地拍了拍林俊德的肩头，目光里含着赞许和期待。

1955 年 7 月，17 岁的林俊德从福建永春县贫困山区考上了浙江大学机械系。不过，因为家境贫寒，他差点失去念大学的机会。是家乡的党组织和乡政府、乡亲们，帮他凑够了从永春到杭州的路费。按照录取通知要求，早就过了新生报到的日期，机械系迟迟没有见到林俊德的踪影。负责新生报到的老师说：也许不会来了吧？系主任拿过花名册看了看，说：“这名学生家在闽南山区，离杭州路途遥远，再等等吧。一个山村少年能考上浙大，不是件容易的事！”

这位系主任猜得没错，林俊德在来浙大的路上，的确误了一些路程。原因不是别的，就是为了节省下一点路费，所以有好几段汽车路，他舍不得买票坐车，硬是徒步赶到了火车站。当他好不容易找到浙大校园时，机械系已开课两三天了。这个又黑又瘦的山区少年，穿着一身打补丁的衣裳，挑着简易的铺盖担子，赤着双脚走进了校园。

2011 年秋天，林俊德 70 多岁的时候，回家乡参加母校永春一中校庆时，对师生们说道：“我是山沟里穷苦人家出身，如果当时没有党和政府的助学金，我根本上不了中学，也上不了大学，更不可能成为科学家，成为将军和院士。是共产党和新中国，让我‘绝处逢生’。我后来所做的一切，都是对党和祖国母亲的寸草春晖般的报答。”

1960 年，林俊德从浙大毕业时，被党和国家挑选出来，穿上了军装，踏上了西行的列车。就像突然间从亲人和朋友面前失踪了一样，从此，他与无数年轻的大学生、科技人员、科学家和解放军将士一道，恪守着“上不告父母，下不告妻儿”的保密纪律，隐姓埋名，进入与世隔绝的罗布泊荒原。

从 1963 年起，林俊德作为核爆炸冲击波机测压力自记仪研制小组组长，不仅参加了我国第一颗原子弹、第一颗氢弹的试验任务，也是少数几位参与和见证了我国全部的 45 次核试验的科学家之一。

罗布泊晴朗的夏夜里，满天的星星像晶莹的宝石，显得格外璀璨，仿佛伸手即可摘下。这天夜晚，在基地研究所简陋的小会议室里，两盏小小的电石灯被调到了最亮的亮度，灯光照耀着会议室小小的空间。林俊德和另外四名新党员，由一位张政委带领着，面对着挂在墙上的一面鲜红的党旗，庄严地举起了右拳，一句一句地、坚定地宣誓："我志愿加入中国共产党……"随后，《国际歌》的雄壮旋律，从小会议室里传出，久久回响在茫茫的荒原和高远的夜空里……

"如果我们选择了最能为人类而工作的职业，那么，重担就不能把我们压倒，因为这是为大家作出的牺牲；那时我们所享受的就不是可怜的、有限的、自私的乐趣，我们的幸福将属于千百万人，我们的事业将悄然无声地存在下去，但是它会永远发挥作用……"当时，林俊德和他年轻的同事们，包括他的恋人，也是他的战友，1963 年从南京大学物理系毕业后进入核试验基地的黄建琴，都对马克思这段青年时代的誓语耳熟能详，并以此互相鼓励。是一种崇高的信念和热忱，是一颗赤诚和炽热的初心，支撑和鼓舞着林俊德、黄建琴与战友们一起，把美丽的青春芳华和宝贵的壮年时光，无怨无悔地挥洒在茫茫的荒原深处。

在黄沙漫漫的戈壁滩上，在风雪交加的严寒的日子里，他们睡过地窝子和简易帐篷，喝过孔雀河最苦的碱水；在全国遭受“三年困难时期”的年月里，基地的粮食供给不足，他们甚至也吃过榆树沟里的榆树叶和榆树皮。为了采集试验数据，林俊德和战友们也曾多次攀登到滴水成冰的天山冰大坂和雪峰上……

“做隐姓埋名人，干惊天动地事。”这是每一位进入罗布泊的英雄儿女的青春芳华的真实写照。以全部的心血、智慧和力量，铸成中华民族最坚固的“核盾”，实现新中国国防科技的强国梦想，不负党、国家和人民交给的神圣使命，这是他们共同的目标和最坚定的信念！

二

几年前，我有幸得到一个机会，经原中国人民解放军总政治部宣传部有关部门邀请和获准，与熊召政、刘燕燕等几位作家、艺术家一起，进入罗布泊腹地的马兰核试验基地和当年的核试验现场采访和体验生活。这是我永难忘怀的一次采访活动，也是一段刻骨铭心的精神洗礼之旅。我后来创作的长篇小说《天狼星下》《罗布泊的孩子》，都是献给马兰的英雄儿女们的。

除了林俊德和他的战友当年放飞试验气球的天山雪峰，我们没有登过，林俊德的其他足迹所至之处，我们几乎都寻访了一遍，包括爆破试验的大场、第一颗原子弹的爆心、核试验研究所曾经驻扎的红山山谷营房、林俊德一家住过的房子、林俊德做试验的房间等。在某部工兵团的院子里，保留着几个他们初到罗布泊时睡过的地窝子，我也特意“睡”进去亲身体验了一下；孔雀河和“肖尔布拉克”苦涩的碱水，还有博斯腾湖清清的“甜水”，我们也亲口尝过。

罗布泊腹地有一片狭长和开阔的谷地，仿佛是大自然特意在人迹罕至的地方开辟出来的一片世外桃源，千百年来一直隐藏在蜿蜒迤逦的天山和大漠的皱褶里，不为人知。随着核试验的步步推进，从1966年开始，试验基地研究所的所有机构，陆续告别临时搭建的帐篷区和地窝子，迁入位于天山南麓的这片隐蔽的山谷之中。

红山营房外面，西北角靠近山脚处，几株白杨掩映着一排干打垒的平房，房子不远处有一条靠山顶的积雪融化而成的小河。一些平房门前的院子，四周用红柳枝条围成矮矮的篱笆墙和小院门。

这里曾是科技人员和后勤人员的宿舍。可以想象一下当年的情景：黎明时分的山谷，火红的霞光映照着附近的山冈、小河、房屋和树木，一声声嘹亮的晨号声，在天空回响。谁也不知道，这片与世隔绝的山谷里，正埋伏着“千军万马”。不久的一天，新中国第一颗原子弹将从这里横空出世，一朵巨大的蘑菇云，将震惊全世界！

我们去寻访的时候，山谷里的营房早已人去楼空。当地的几位维吾尔族兄弟偶尔会到这里来放放羊。春天里天气暖和了，溪流边的马兰花又将盛开；沙枣树和红柳丛也会恢复生机，长出新的蓬勃的枝叶；云雀会在孔雀河边的芦苇丛上空，欢唱着飞入云霄；沙鸡之类的沙漠禽鸟，还会在戈壁上飞跑和追逐……

在第一颗原子弹的爆心地区，遍地都是灰黑色的、细碎的石头。不难想象，当时，该有多少巨大和坚固的岩石，以及一些用于试验的效应物，如飞机、汽车、坦克、房屋、大炮、钢梁等，都在巨大的爆炸中，瞬间变成碎石，化作齑粉。如今，一块巨大的褐红色花岗岩矗立在当年的爆心位置，仿佛一块永久而无言的纪念碑。花岗岩左边，还残存着半截深插在地下的、粗大的空心钢管，显然是当时支撑起那颗原子弹的脚手架的某个支点。

奇怪的是，在遍布细碎的石头和曾经烧焦的大地上，又长出了一丛丛顽强的芨芨草和骆驼刺。每一阵大漠风沙吹来，它们都会发出有如铜丝一般铮铮的鸣响，仿佛在诉说着英雄儿女们不朽的功绩。

中国核武器事业从无到有，从有到强，离不开党中央和毛泽东主席那一代领袖集体的坚强领导与坚定决心，也倾注了奋战在罗布泊大漠深处的数万名马兰人的智慧和心血。有许多部队将士和科学家、工程技术人员都默默地做出了巨大的牺牲，不少人献出了年轻宝贵的生命。

马兰基地创建后，在进场试验或施工爆破中不幸牺牲的战友，就临时掩埋在一片生长着几棵高大胡杨树的空地上。一年又一年，胡杨树下的新坟不断增多。今天，矗立在马兰基地的一座安息着数百名在核试验事业中英勇献身的马兰英雄的陵园——“中国核试验基地烈士陵园”，就是在当年那几棵胡杨树下的墓址上落成的。这些共和国的英雄儿女，把青春的热血洒在了戈壁滩上，他们年轻的生命，像天山一样巍峨，也像大漠一样壮阔。

三

从位于红山山谷的生活区营房去往试验场区，要经过一条几公里长的狭长沟谷，因为沟底生长着很多粗壮的老榆树，马兰人把这里称作“榆树沟”。在粮食供给不足的年月里，这些老榆树上的榆钱儿和榆树皮，给马兰的英雄儿女们充过饥；老榆树粗壮的树干和巨伞般的树冠，也为英雄儿女们遮挡过雨雪和风寒。

我们在马兰采访的时候，特意去了趟榆树沟，为的是亲眼看一看一棵足有两人合抱粗的老榆树。在这里组织和指挥首次核试验的张爱萍将军，给这棵榆树命名为“夫妻树”。马兰人没有不知道这棵夫妻树的。这是怎么一回事呢？原来，这棵老榆树见证过一对年轻的共产党员夫妻的一段“奇遇”。

第一颗原子弹试验成功的前一年，即 1963 年，在北京某部研究所工作的王汝芝副所长，奉命调到罗布泊核试验基地，参与首次核试验任务。对一位年轻的科技人员来说，这无疑是一项极其光荣的使命。王汝芝兴奋得连夜开始收拾行装。

凡是被挑选出来进入基地的人，都必须执行最严格的保密纪律，必须做到“上不告父母，下不告妻儿”。临行前，王汝芝编了个理由，对丈夫张相麟说：“我去外地出一趟差。”

张相麟也在某研究所工作。听到妻子的话，他只是平静地说了句：“好啊，注意照顾好自己啊！”王汝芝又叮嘱了一句：“对了，不知道我啥时候能回来，记得写封信给我妈，报个平安，免得她惦念。”

一个月后，王汝芝穿着军装，来到马兰基地。一进试验场她就明白，压根儿不再抱和丈夫见面的希望了，连通一封报平安的信都不可能。所以她在老家的母亲，一直以为女儿被派到国外学习去了。

几个月后的一天，王汝芝和几位女同事从试验场回来，刚走到榆树沟时，突然下起雨来了。雨越下越大，她们只好跑到沟里的老榆树下躲雨。不一会儿，又有一些人扛着试验器材跑过来躲雨。突然，王汝芝看见，有一个穿着军装的身影怎么那么眼熟？那个人低着头，提着器械箱，撩起衣服遮挡着雨点，三步两步跑到了老榆树下。

王汝芝好奇地走上前去，扳过那人一看，不由得愣住了，惊喜地叫道："相麟，真的是你啊？你怎么会在这里？"张相麟也像在做梦一样，眨巴着眼睛说："汝芝，你……你不是出差去了吗？"两个人愣愣地看着对方，先是惊喜，继而又会心地相视而笑。

不久，张爱萍将军来到基地检查工作，听说了这对夫妻的故事，就特意绕道经过榆树沟，看了看这棵老榆树。一对战友夫妻在互不知情的状况下竟然在榆树下巧遇，这位诗人将军不由得感慨道：好啊！这不正是我们共产党人的"革命浪漫主义"吗？略一思忖，他当即给这棵老榆树起名为"夫妻树"。默默无语的老榆树，见证了一对共产党员夫妻对党的纪律、党的事业的坚守与忠诚。

当年，首批进入马兰试验基地的，有40多位女同志，分住在五顶临时帐篷里，张爱萍将军也曾为女同志们住的帐篷区取名"木兰村"。黄建琴当时就在王汝芝任主任的研究所一室工作。这些女同志，也被后来的马兰人尊称为"核大姐"。

我在西安采访"核大姐"黄建琴时，她回忆说：当时她与林俊德恋爱两年，虽然都在同一个研究所，却只见过两次面，加起来的时间还不到一整天。不是他进场，就是她进场，互相之间也从不过问去哪里、去干什么，这在试验场区是大家心照不宣、再平常不过的。那棵“夫妻树”，见证了我们那代人的爱情，更见证了我们对党的忠贞，对事业的热爱和执着。

“再会编故事的小说家，也虚构不出‘夫妻树’这样的现实故事。”我问黄老师，“你们这些‘核大姐’，没有一位想写小说的吗？多好的故事素材啊！”黄老师笑着说：“不能写！那时候每个人都明白，既然我们选择了这项事业，就要一辈子隐姓埋名。像汝芝大姐这样的夫妻故事，也只有我们马兰人自己来分享了。”

四

2012 年 5 月 31 日，已是生命垂危、身上和口鼻处插满了各种管子的林俊德院士，在女儿的扶持下，坐在电脑前，为党和国家交给他的使命，一直战斗到最后时刻。他留给人们的最后一句话是：“把我埋在马兰……”

凡是在罗布泊马兰基地奋斗过的人，几乎都留下过这样的遗嘱，希望自己能“魂归马兰”，与长眠在那里的战友们永远在一起。2014 年，林俊德的骨灰也安葬在“马兰革命烈士陵园”里。陵园里巍峨的纪念碑上，铭刻着这样的碑文：“……他们的生命已经逝去，但后来者懂得，正是这种苍凉与悲壮才使‘和平’二字显得更加珍贵。”

2021 年 3 月 25 日，武昌梨园

冰与火的交响

苍老的、深蓝色的海水底下，隐藏着多少秘密。从遥远的远古时代开始，我们的祖先就对海洋充满了无限的想象与好奇，亲近、探寻和发现海洋的目光与渴望，从来也没有停止过。我们从远古时代留下的许多神话传说里，就能真切地感受到这一点，例如四海龙王、精卫填海、哪吒闹海、八仙过海，等等。古人甚至还这样想象着：在云雾缭绕的茫茫东海里，有瀛洲、蓬莱、方丈三座仙山，仙山上住着一些长生不老的神仙，当然，那里还有无数的宝藏……

2200多年前的秦朝皇帝秦始皇，就相信这个传说是真的，所以，他在统一了中国之后，两次派出著名“方士”徐福，率领多达3000人的庞大船队，到茫无际涯的大海上去寻找那三座仙山。徐福也因此成为中国史书上记载的、远航海洋的第一人。当然，徐福和他的船队根本就没有找到什么仙山，他和他的船队的去向也成了一个难解的千古之谜。不过，徐福的航海行动在当时却是一次真正的“壮举”，体现了我们的祖先对茫茫大海的强烈好奇与渴望探索的心愿。

2018 年新年前夕，习近平总书记在新年贺词中，向全世界宣布了 2017 年我国在科技创新、重大工程建设领域的十大成果：“慧眼”卫星遨游太空，C919 大型客机飞上蓝天，量子计算机研制成功，海水稻进行测产，首艘国产航母下水，“海翼”号深海滑翔机完成深海观测，首次海域可燃冰试采成功，洋山四期自动化码头正式开港，港珠澳大桥主体工程全线贯通，复兴号奔驰在祖国广袤的大地上……面对这些伟大和神奇的科技创新与重大建设成果，习近平总书记深情地说：“我为中国人民迸发出来的创造伟力喝彩！”

那么，“首次海域可燃冰试采成功”，到底是怎样一项成果呢？

原来，在我国南海神狐海域上，海洋科学家和科技工作者们一直在探索和寻找藏在深海底下的“秘密宝藏”，他们还在那里建立了一个名为“蓝鲸 1 号”的钻井平台用来探宝。在远离尘世的茫茫大海上，在无数个星月辉映的长夜里，在静谧、空阔的苍穹之下，“蓝鲸 1 号”就像一座坚固的孤岛，任凭台风吹袭、浪涛拍打，“我自岿然不动”，从未熄灭它照彻黑夜的光芒。

2017 年 5 月 18 日这天，从“蓝鲸 1 号”钻井平台上突然喷出一束耀眼的红色火焰，一下子照亮了幽蓝的、空茫的海面……

“啊，找到了！我们找到了！”

“太神奇了！我们试采成功啦！……”

在场的科学家、科技人员和施工的人们都激动地欢呼起来。这束红色火焰的升起，意味着我国的可燃冰试采成功了！

可燃冰，是天然气和水在高压低温的条件下，自然形成的一种像冰糖形状的结晶物质，广泛分布在地球上的每一片海洋领域，有的也隐藏在陆地冻土层和极地下面。科学家们称这些珍贵的可燃冰是“人类未来的能源”，它们在未来可以替代石油、煤炭等传统能源。石油、煤炭等传统资源不仅会变得越来越稀少，而且它们的燃烧还会污染地球环境。但是有了可燃冰，我们就有了一种既方便又清洁、对环境保护也更为安全的新型能源。

在接下来的两个月里，“蓝鲸 1 号”上的红色火焰越升越高。这个钻井平台连续产气60天，累计产气量超过30.9万立方米。可燃冰的探寻和试采成功，不仅实现了中国科技工作者从100米浅海到1300米深海去“寻宝”的跨越，也向世界亮出了可燃冰开采的“中国方案”，揭开了人类在深海底下开采新能源的崭新篇章。

大海上升起的红色火焰，就像中国人献给人类的绚丽礼花。有的科学家还激动地说：“这是我们中国人在大海上奏响的一曲冰与火之歌！”然而，科学家们还有另一个说法：可燃冰的开采，有如“在豆腐上打铁，用金刚钻绣花”。豆腐那么软那么嫩，怎么在上面打铁呢？金刚钻那么坚硬那么粗，怎么用它绣花呢？这是在“蓝鲸1号”上工作的科学家和施工人员对他们试采可燃冰的工作的形象比喻。

根据他们初步预测，我国的海域是可燃冰最主要的分布区，全国的资源储存量相当于1000亿吨油当量，其中有近700亿吨可燃冰宝藏，就藏在蔚蓝色的南海底下。同时，开采可燃冰也是一项全新的前所未有的能源开采技术，目前世界上包括美国、日本等开采技术发达的国家，也未能攻克这个难题，所以人们又把这个领域形象地比喻为“无人区”。

想象一下，要在深不可测的冰冷的海水底下，找到那些秘密的宝藏，然后让它们升到海面、喷出红色火焰来，这不仅需要一种大海捞针一样的胆大心细和小心翼翼，更需要一种特别的耐心和锲而不舍的坚定毅力，可不就像是“在豆腐上打铁，用金刚钻绣花”嘛！因为谁也无法看见，那些秘密的宝藏躲藏在什么地方，谁也不能完全断定，我们离那些“冰与火”会有多深、有多远。

一位负责钻探的科学家告诉我：“可燃冰开采最大的难点，就是你根本不知道难点在哪里。因为在钻井试采中，随时充满着风险和不确定性。比方说，由于可燃冰属于天然气水合物，在开采中既不能形成二次水合物，又要在钻井过程中抑制其分解。所以，首次面对深海的这些风险，大伙儿自始至终都感到了从未有过的压力。作家同志，你是擅长形象思维的，你想想看，在豆腐上打铁，稍微不小心，铁没有打成，一瞬间把成块的豆腐打成了一摊‘豆腐渣’该怎么办嘛！”

还不仅如此呢。在远离陆地的茫茫大海上，白天里看上去风平浪静的海水下面，其实隐藏着许多未知的风险。国外还有一种说法：可燃冰一旦开发，说不定会造成海底坍塌、海洋升温等灾难性事故。

2017 年 6 月的一天，“蓝鲸 1 号”钻井平台就突然遭遇了一次高达13级的台风袭击。一阵阵风暴掀起滔天海浪，就像一位力大无比的暴怒的“巨人”，把原本平稳的平台吹打得摇摇晃晃，好像一瞬间就会被掀翻了一样。在这样的时刻，井口会不会被毁坏？大家是迅速撤离还是依然坚守？所幸的是，我们的科学家和工人们临危不惧、胆大心细，就像钢铁战士一样，迎着风浪，咬紧牙关，死死地坚守在钻井台上，最终战胜了风暴，赢得了胜利。

“你们当时是出于一种什么样的心理或者信心呢？难道就没有想过，万一钻井平台真的被掀翻了……”我惴惴不安地问道。

“那还用说？当时每个人的心里肯定都有了最坏的心理准备，可是，我们每个人心里也都装着一句话：我有南海四千里，我们的双脚是踏在祖国蔚蓝色的国土上……”一位年轻的技术员说。“正是这样的，一想到‘祖国’二字，就任何惧怕心理都不存在了，我们坚守在那里，想到的就是与祖国同在嘛！”有人又这样笑着附和道。

是啊，与祖国同在，还有什么力量能够撼动他们——不，撼动我们坚如磐石的意志，还有什么风暴能够摧毁我们钢铁般的信念呢！

在“蓝鲸1号”上工作的科学家这样预测和畅想过：到2030年，我们国家可望实现可燃冰“产业化”。也就是说，到那时候，我们在冬天里供暖、烧水、做饭所使用的燃气，还有我们的一些工厂、机关、医院、学校所使用的燃气，都将是干净清洁和方便输送的可燃冰。它们将从遥远的大海上源源不断地输送到祖国各地，美丽的“冰与火之歌”将会轻轻飘送到中国的千家万户里。

苍老的、蔚蓝色的海洋，给我们准备下了无尽的宝藏。50多年前，开国领袖毛泽东在他的词中豪迈地畅想过中国人民的创造伟力：“可上九天揽月，可下五洋捉鳖，谈笑凯歌还。”50年后，中国载人航天飞船、“慧眼”卫星、C919大型客机都已飞上九天太空；“海翼”号深海滑翔机、可燃冰试采，也已深入深蓝色的海底。浪漫的畅想正在一个一个变为现实，伟大的祖国正在全速奔驰在实现中华民族伟大复兴的“中国梦”的新征程上。

2018年4月20日，北京

他的生命化作了万顷金色的稻浪

2021 年 5 月 22 日，91 岁的袁隆平院士永远告别了他所挚爱的祖国大地。午后时分，祖国南方将要熟黄的万顷稻谷，仿佛都在为他垂首；生活在三湘大地和大江南北的人们，捧着盛满白米饭的饭碗，都在感念这位“当代神农”。有人说，这一天，他是去远方寻找自己最亲爱的妈妈去了。

进入 90 岁以后，袁隆平自称是“90 后”。每天能到稻田里走一走、看一看，顺手给稻子拔一拔稗草，用双手托一托那些沉甸甸的、黄熟的稻穗，使劲地闻一闻泥土和稻谷的气息，这是袁隆平大半生以来最感到幸福和陶醉的时刻。这位“共和国勋章”获得者，心中一直有两个最大的梦想：一个叫“禾下乘凉梦”，一个是杂交水稻“覆盖全球梦”。追溯这两个美梦的源头，得从他幼年时说起呢。

袁隆平幼年时，坐在小小的饭桌前，妈妈经常教他和哥哥、弟弟们背诵古诗。他最早背诵的一首诗，就是《悯农》：“锄禾日当午，汗滴禾下土。谁知盘中餐，粒粒皆辛苦。”妈妈是一位小学老师，会讲一口流利的英语。稻谷黄了的时候，妈妈会带着孩子们来到田野边，呼吸稻谷飘香的气息。美丽的晚霞，映照着妈妈的脸庞。

袁隆平后来被人们誉为“当代神农”。人们说，他就像神话故事里尝百草的神农一样，给中国人送来了巨大的“粮仓”。而且他几乎是“一个人干了两亿农民的活儿”。

坊间流传的袁隆平童年故事里，有这样一件小事：住在汉口的时候，有一天，妈妈带着他和弟弟，来到供奉着神农塑像的“神农洞”祭拜。相传这里是神农炎帝出生的地方，附近的人们都来这里祭拜他，祈求来年风调雨顺、粮食丰收。

“妈妈，为什么神农这么受人爱戴呢？他是一位神仙吗？”他问妈妈。妈妈告诉他：“神农是一位善良和勤劳的神仙，是他尝遍了百草，找到了可以种植的五谷，然后又教会人们耕地、播种、灌溉、收获，从此，我们中华民族开始了生生不息的农耕文明……”

“原来，我们吃的粮食，都是神农指点人们种出来的啊！”

他和弟弟学着妈妈的样子，恭恭敬敬地给神农行了三个鞠躬礼。回家的路上，他看见，田野上的稻子低垂着头，看上去沉甸甸的。妈妈说：“这是我们祖祖辈辈的田野，是爷爷的田野、爸爸的田野，将来，也是你们的田野啊！”

上小学时，有一天，老师带着学生们参观一个漂亮的园艺农场。鲜艳的桃子挂满枝头，葡萄带着粉霜一串串垂挂在架下，小鸟们围着鲜花和果实欢唱。“同学们，这里的每一棵果树，都是园艺工人叔叔精心栽培、剪枝，有时还要亲自给花朵授粉，果子才会结得这么大、这么多，花儿才会开得这么茂盛……”老师介绍说。

园艺工人真了不起，简直像神奇的魔术师一样。回到家里，少年隆平把自己的见闻讲给妈妈听。“等我长大了，也想去做一个园艺工人和果园技术员……”小小年纪，他就有了这样的心事。

洞庭湖以南和以北的田野，本来是美丽和富庶的，可是，战乱的年月里，到处都是逃难的人群，多少田野都荒芜了。如果遇到旱灾，稻子还没抽穗，就枯死在干裂的田野里，粮食就更不够吃了。少年隆平经常看见细妹子牵着老奶奶沿街乞讨的景象。

饥荒，在折磨着无助的老人和孩子。贫困的年月里，家家的日子都不好过。妈妈掩门叹息着，让他把他们一家人也舍不得多吃的白米饭，盛了满满的一碗，送给了细妹子和老奶奶。

少年时代，他读到了一个童话，童话里说：有一天，这世界太平了，人都会飞，稻谷和小麦从雪地里长出来……妈妈却告诉他："孩子，现在，你必须学会劳动和工作！"

是的，他必须学会劳动和工作！天还没亮，星星还在山巅上闪烁，爸爸就带着他们，来到春雨淅沥的稻田里，跟着农人学习插秧。

爸爸、哥哥、弟弟和他，每人一顶斗笠、一件蓑衣。他第一次学会了插秧。田埂上，农人们挑着担子，一趟趟运送来青青的秧苗。一行行秧苗铺满了明亮的水田，好像一直伸展到了天边。

后来，他又学过画画、跳舞、游泳，学过打排球、踢足球，还学过拉小提琴。物理学家爱因斯坦，也曾是他的偶像。他甚至还差点当上空军飞行员。

可是所有这些，好像都不是他最想做的事。只有妈妈知道，什么是他最想做的事。不过，妈妈有点放心不下。妈妈说："孩子，那样做，你一辈子都会很苦很苦啊，你，做好准备了吗？”

他戴上斗笠，披起蓑衣，像一个真正的农人一样，笑着对妈妈说：“放心吧，请相信我！再说，我还有我的小提琴呢！”

他真的成了农学院的一名大学生。这里，辽阔的田野，成了他美丽的课堂。每天，黎明到来之前，他喜欢骑上自行车，像风一样飞驰在乡村大道上。在渐渐明亮的田野间，他喜欢用力伸展着双臂，好像在迎风展开自己的翅膀。

在炎热的太阳下，他小心翼翼地给抽穗的稻子拔除稗草。他知道，他正在做自己最想做、最爱做的事！虽然在斗笠下，汗水早已湿透了他身上的衣服。

有一天，在一块稻田里，他发现了一株奇怪的稻子：它鹤立鸡群一样，稻穗特别大，又结实又饱满，用手托一托，沉甸甸的。也许，这正是他要寻找的那株稻子？

满天的星星，像明亮的宝石一样闪耀。他每晚都守候在星空下的田野上，守候着那株稻穗低垂的稻子。晚风吹来一阵阵泥土和稻谷的芳香……

等到这株稻子成熟了，他悄悄收割起来，留作了种子。第二年，他把这些稻谷作为种子播撒在稻田里。经过一番培育，他满心希望能有一个好的收获。可是，长出来的稻子也是高的高、矮的矮，抽穗早的早、迟的迟，没有一株像上一年“鹤立鸡群”的那株那样强壮。

他捧着稻穗，坐在田埂上想了好久：为什么失败了呢？

星期天，他回家去看望父母。妈妈蒸的白米饭真香啊！“平儿，你晒黑了，也变瘦了。”妈妈一眼就看出了他的心事，说，“你做的事情，不太顺利吧？”

“是的，不过，我不会放弃的。”原来，那是一株天然杂交的水稻，它没能把自己的优良特性传给下一代。不过，它让他产生了一个大胆的想法：用人工培育出高产的杂交水稻！

在后来的日子里，他每天背着水壶，揣着两个馒头，用了14天的时间在稻田里寻找，终于找到了一株没有花粉的水稻。

“就是你了！稻子，你让我找得好苦啊！”他像个农民似的，把这株稻子紧紧搂在怀里，生怕它跑了一样。然后，他在60多个瓦钵里折腾了两年多，终于完成了自己的实验。

九年以后，又到了紫云英和油菜花盛开的时节。他和同事们把取名为“南优2号”的杂交水稻品种，播撒在一块明亮的稻田里。

这天晚上，他竟然做了一个奇怪的梦：他们种的水稻有高粱那么高，稻穗长得像扫帚那么长，稻粒像花生米那么大，他和伙伴们累了，就坐在稻穗下面乘凉……

现在，全世界都知道，他们培育的“杂交水稻”，正在中国和其他国家大面积地推广和种植。他多么希望，他们的高产稻谷，能让全世界任何地方都不再有饥饿；能让世界上每一个人，都能吃到香喷喷的白米饭。他甚至想告诉全世界，自己有两个最大的梦想：一个是人们可以坐在稻禾下乘凉，一个是把杂交水稻种遍全世界。

他们已经在遥远的迪拜热带沙漠里，种植出亩产超过500公斤的中国海水稻。非洲的朋友们希望，杂交水稻能播撒在非洲大地的每一个地方，他们拥抱着他说：“感谢您，先生，您用一粒种子改变了世界，让干旱的沙漠变成了粮仓！”

“不，这不是我个人，这是所有中国人，送给世界的礼物。”其实，这时候，他还想告诉朋友们：这粒种子，是他最亲爱的妈妈，在他小时候播在他心里的。

秋到江南，就进入水稻成熟的时节。金黄色的田野里稻穗低垂，飘散着一阵阵稻谷的清香。但是，他的妈妈早已经不在人世了。他一生都牢记着妈妈早年教他念过的诗：“谷子成熟了，天天都很热，到了明天早晨，我就去收割……”“妈妈，您还能闻到稻谷飘香的气息吗？”他在心里默默说道。

即使到了老年，他每天最爱做的事，还是到稻田里走一走、看一看，给稻子拔一拔稗草，闻一闻泥土和稻穗的气息。当然，他依然那么喜欢在开满紫云英和油菜花的田野间飞驰。只不过，他骑了多年的自行车，早已换成了漂亮的、速度更快的摩托车。

饱满的、金黄的稻穗，总是低垂着头。当一片片金黄的稻穗低垂在等待收割的稻田里，我想象着，像辛勤的老农民一样的袁隆平，一定也会怀着亲切的记忆，怀着温暖的心，想起小时候妈妈给他讲过的神农的故事，想起在他心中流过的一支古老的歌，想起妈妈在黄昏里轻轻呼唤他乳名的日子。

2021 年 5 月 24 日

奔驰在广袤的大地上

1872年（同治十一年），一艘海轮冒着滚滚浓烟，缓缓驶入茫茫太平洋之中。这艘大船上，载着包括詹天佑在内的30名只有十来岁的中国幼童。这些小小少年带着清朝政府的“救国美梦”，将到美国学习先进的文明与科学技术。那一年，詹天佑还只有11岁。今天看来，清朝政府当时的救国美梦，未免有点天真，结果自然是“一枕黄粱”。但对那些心地单纯、正处在渴望读书和求知年龄的中国幼童来说，一个崭新的、充满各种可能的未来，正在等待着他们。

九年之后，1881年（光绪七年），20岁的詹天佑以出色的成绩从耶鲁大学毕业，当年就返回了祖国。归国后，他立刻就投入中国早期铁路工程事业之中，成为中国首位铁路总工程师，负责修建了京（北京）张（张家口）、粤（广东）

汉（汉口）、沪嘉、洛潼、津芦、锦州、萍醴、新易、潮汕等多条铁路。他被人们称为“中国铁路之父”和“中国近代工程之父”。

在詹天佑生活的那个时代，中国人还没有足够的技术和力量来独立建造自己的铁路，必须花高价去请外国人来帮助建造。有的外国铁路专家不免带着轻蔑的口吻说：中国人，还是算了吧，他们根本无力完成复杂的铁路工程！詹天佑心里却非常不服气，他向政府请缨说：“我巍巍中华，地大物博，而于区区一路之工，尚须借重外人，我辈实引以为耻！”所以在以后的许多年里，詹天佑先生怀着报国雪耻之志和强烈的民族自尊心，面对外国专家不怀好意的讥讽和蔑视，以一种顶天立地的担当勇气，硬是让中国的第一条自主设计和建造的“京张铁路”，铺设在了祖国北方大地上！

为了实现中国人的“铁路梦”，詹天佑付出了自己毕生的心血。有一天，他抱病登上八达岭长城，对着白茫茫的华北大地和绵延的群山，发出了这样的感慨：“人生苦短啊！我詹天佑一直梦想着，有朝一日，在我中华大地上初步建起一个南北东西、四通八达的铁路网。看来，这个梦想只能有待后来者了！所幸的是，当我离开了人世，我的生命，还能化成匍匐在中华大地上的一根铁轨……”

詹天佑是在1919年离开人世的。过了将近100年，他念兹在兹的中国铁路梦，终于在中华大地上“美梦成真”了！

2017年9月21日，由中国人自主研发、具有完全知识产权的高铁列车“复兴号”，从北京首发，像风一样飞驰在北京至上海的高速铁路上。让全世界惊叹的是，“复兴号”的速度达到了每小时350公里！专家们称赞说：这个时速，不仅开创了中国高铁的新纪元，也是目前世界上运营时速最快的高铁火车。

凡是坐过“复兴号”高铁的乘客，都有一种共同的感觉：这简直不像是在坐火车，而是像乘着疾风一样在飞驰。有一位名叫萨拉的美国记者，乘坐了“复兴号”之后惊呼道：“天哪，太厉害了！华盛顿和纽约都没有这样的火车！”

中国高速铁路就像是一张闪亮的“国家名片”，正在吸引着全世界惊叹的目光。报载，截至2017年，我国高铁的“朋友圈”，已经扩展到了30个省会级城市和直辖市，而且这一年里所开通的兰渝高铁、武九高铁、宝兰高铁、西成高铁等新线路，90%都是从中国比较发达的中部朝着西部在延伸。因此，我们完全可以自豪地说：100年前，詹天佑所苦苦追求和殷殷期待的那个美好的中国铁路梦，已经在今天这一代中国人手上实现了！在祖国广袤的大地上，我们已经建成了世界上最现代化的“铁路网”和最发达的“高铁网”。“复兴号”绽放出来的“速度与激情”，彰显着中国铁路在新时代奋勇前行的坚强决心，也寓含着中华民族实现伟大复兴的“中国梦”的矢志不渝的信心。

不久前，我因公务出差，特意选择乘坐了一次“复兴号”。我真切地感受到了，这种全智能的高速列车不仅速度更快，乘坐的空间更宽敞、更舒适，车厢还实现了 WiFi 网络的全覆盖，而且据说寿命更长、能耗更低、安全性更强。而所有这些设计和高科技的知识产权，全部是中国自主研发和独立拥有的。所以，专家们自豪地说：“复兴号”高铁是血统纯正的中国创造。

也许正是因为这种自豪感，当第一列“复兴号”高铁启程的时候，有幸从北京南站出发的许多乘客，都纷纷站在有着尖尖的车头、车身两侧还涂着鲜艳的红色条纹的新动车前自拍留念。有的乘客还把自己与“复兴号”的合影发布在社交媒体上，赢得了无数“点赞”。

没有谁不向往坐上飞驰的火车，让火车把自己带向遥远的远方。女作家铁凝在她著名的短篇小说《哦，香雪》里，一开头就这样描写了火车和一个小山村的关系：“如果不是有人发明了火车，如果不是有人把铁轨铺进深山，你怎么也不会发现台儿沟这个小村。它和它的十几户乡亲，一心一意掩藏在大山那深深的皱褶里，从春到夏，从秋到冬，默默地接受着大山任意给予的温存和粗暴。然而，两根纤细、闪亮的铁轨延伸过来了。它勇敢地盘旋在山腰，又悄悄地试探着前进，弯弯曲曲，曲曲弯弯，终于绕到台儿沟脚下，然后钻进幽暗的隧道，冲向又一道山梁，朝着神秘的远方奔去。”

铁凝笔下的山村女孩香雪，就是怀着这样的“火车梦想”，第一次走上火车站台，第一次登上了开往远方的火车的。

诗人曾卓写过一首《火车，火车，带我去吧》的诗，有这样的描写：

在晚霞的映照中，
我常坐在山坡上，
看火车从远方来，
又向远方去了，
我的心也跟着它飞得很远很远。

火车轰响着在我面前飞奔而过，

它在我心中唱着奇妙的歌。

它向我歌唱：

辽阔的大地和宽广的生活。

……

火车，火车，带我去吧，

带我去看美丽的江南和黄土高原，

看泰山日出，看昆明石林……

看我只在地理课和游记中读到的，

许许多多的城市和名胜……

那么，火车，火车，你也带我去往远方吧。我想对着世界和远方说：没有我不肯坐的火车，也不管它往哪儿开。不管它是往哪儿开，都是飞驰在我们祖国广袤的大地上。而且，我的心里，也怀着土耳其诗人塔朗吉的那种温暖的祈愿：美丽的火车，总是令人记起许多事情，向着远方驰去吧，但愿你一路平安，桥梁都坚固，隧道都光明。

2018 年早春，武昌梨园

赤子三章

我爱你，中国

大山是那么高，连绵起伏，一座连着一座。大年是那么小，每天都要走过弯弯的、长长的山路去上学。在大西南群山的怀抱里，他和小伙伴们，就像一个个小小的逗号。

很小的时候，父亲告诉过他：每一座高山，每一条江河，都是祖国母亲的一部分；大山深处，还有祖国需要的各种宝藏。从一本连环画上，他认识了第一位中国科学家——李四光。父亲还告诉他，李四光是听从新中国的召唤，从国外回来的地质学家，他拿着地质锤，走遍了祖国大地，为国家找到了许多宝贵的油田和矿藏……

“爸，等我长大了，也像李四光爷爷那样，去为国家探宝！”“那真是太好了！”父亲拍着为他买回的《十万个为什么》说，“不过，大年啊，‘书山有路勤为径’啊！”

少年黄大年牢记着父亲的话，深深爱上了读书，迈着小小的步伐，向着一座座“书山”攀登。每一本书，都像是一个小小的石阶。

高中毕业时，他不再是一个瘦小的孩子了。这个浑身充满力量的少年，从几百人中被选拔出来，成为一名骄傲的“航空物探操作员”。第一次坐在飞机上俯瞰大地，他兴奋得张开双臂，像要去拥抱辽阔和美丽的山河。17 岁的少年，正朝着“为国家探宝”的梦想飞翔。

两年后，他考进了远在东北的长春地质学院——这是李四光创办的新中国第一所地质专科学校。他的辅导教师帮他扛着行李，领着他跨进了学校大门。

藏书丰富的图书馆，是他最喜欢的地方。坐在李四光画像前看书，他觉得，大师好像正在用鼓励的目光看着他说：“好样的，黄大年，加油吧……”

夜深了，他站在小窗前，想念起远方的父亲和母亲。借着皎洁的月光，他一遍遍读着父亲写来的家书：“大年，你是我们的儿子，也是国家的儿子，要珍惜时光，早点学好本领，报效国家……”

天没亮，星星还在深蓝色的天空闪烁。他和同学们一起，唱着《勘探队员之歌》出发了。“背起了我们的行装，攀上了层层的山峰，我们满怀无穷的希望，为祖国寻找着富饶的矿藏……”在巍峨的群山中，他们敲打着、寻找着一块块奇怪的石头。在辽阔的山野上，在祖国母亲的怀抱里，他们好像又变成了一个个小小的逗号。

“做一名优秀的地球物理学家，把地球变成‘透明’的！”他一边朝着更高的山峰攀登，一边想象着，到那时候，我们的祖国需要什么，我们就能为她开采什么。

冬天来了，雪花轻轻落啊落啊，落在高高的山路上，落在深深的河谷里，落在美丽的白桦林和松树林里……北方的冬天真美，常常让他流连忘返。1992 年，已经成为大学教师的黄大年获得“中英友好奖学金项目”资助。作为 30 人中唯一的地球物理学研究者，他就要离开祖国，去英国留学了。他独自来到冬天的山谷间，再看一看壮丽的北国风光，看一看他在野外勘探时住过的小木屋。空旷的雪地上，留下了他深深的脚印……

“等着我吧，我一定会把最先进的技术学到手，带回祖国来，研制出我们自己的地球物探仪器！”他紧紧拥抱着为他送行的同事说，“我会想念你们的！”

四年后的一个早晨，金色的迎春花正在盛开。小礼堂里，传出一阵阵热烈的掌声——他以排名第一的优异成绩，获得了地球物理学博士学位。

“祝贺你，年轻人，你是利兹大学的骄傲，世界正在等待你！”德高望重的老教授，为他颁发了学位证书。“谢谢您，大师。”在接过证书的那一瞬间，他在心里说：“我的祖国，也在远方等待我……”

一年后，他进入英国剑桥大学ARKeX航空地球物理公司，担任高级研究员。他在这里工作了12年，一步步成为航空地球物理领域的传奇人物，成为享誉世界的科学家。

他住在美丽的康河河畔一座带有宽阔草坪的花园别墅里。他美丽的妻子是一位医师，在这里拥有两家诊所。当然，还有设备齐全的实验室，收入优厚的工作待遇……但是这一切，都不能把他留在英国。他一刻也没有忘记，父母亲对他说过的话：“大年啊，你是我们的儿子，也是国家的儿子，要珍惜时光，早点学好本领，报效祖国……”

这一天，他正在北大西洋海底做一个实验，突然，从祖国传来一个急电：他的父亲病危了！舰长如实相告：“黄先生，只要你同意，我们可以破例上浮，送你回国去看亲人最后一面，不过，你的这个实验计划将会中断……”他深深明白，这个实验对将来的事业有多么重要。他含着泪水望着舰长，痛苦地摇了摇头。他没能回国见上父亲最后一面。父亲只给他留下了一句话：“大年，要记住，你是有祖国的人！”

两年后，母亲也去世了。母亲给他留下的同样也是这句话：“大年啊，要记住，你是有祖国的人！”

2009 年 12 月 24 日夜晚，当人们都沉浸在平安夜的欢乐里，他悄悄告别了妻子和女儿，拉着简易的行李箱，走进了空荡荡的候机厅。透过飞机舷窗，他久久凝望着繁星闪耀的夜空。“我回来了，回来了……”黎明时分，他看到了机翼下面，祖国辽阔的山河大地。

回到母校，他担任了地球探测科学与技术学院教授。作为首席科学家，他同时也承担起了国家的一些重大科研项目。他们研制的一种“神器”，叫“高精度航空重力梯度测量仪”。

“请你们想象一下，我们的工作是多么美丽和浪漫！就像在飞机、舰船、卫星等移动平台上安装上了‘千里眼’，又像在给地球做‘CT’体检，让整个地球变得‘透明’……”

他这样给学生们描绘着他们的研究项目。是啊，勘探队员以前只能靠着双腿去野外勘探，每天也走不到上百里，而且只能发现埋藏较浅的矿藏和油田。可是，有了他们研制的“神器”，就可以用“日行万里”的速度，“看清”深埋在祖国大地下面的各种矿藏和油田，还可以“看清”地层深部的构造，用来研究和预防地震灾害。

当然，如果有敌方把战略导弹车藏在大山深处的洞窟里，或者把潜艇藏在深深的海水底下，威胁着我们的国家，有了我们的“神器”，就能很容易地发现它们。我们可以把“神器”装在无人机上，也可以装在人造卫星上……用来保护我们的国家，保护全人类的和平。因此，黄大年也被人们称为“战略科学家”。

此刻，他像一名充满力量的竞赛选手，跨开大步，开始与时间赛跑了！在风中，在雨中；在星空下，在烈日下；在白雪皑皑的山谷里；在飞机上，在高铁上，在讲台上……他日夜操劳和奔忙着。当他太累太累了，就睡在办公室的沙发上和地板上……

夜深了，他独自坐在楼顶上，仰望浩繁的星空。父亲、母亲都不在了，但他觉得，他们时刻都在天上看着他，给他鼓励，也给他疼爱和温暖。

“大年啊，要记住，你是有祖国的人！”仰望着满天的星星，他好像又听见了父亲和母亲的叮咛。他庆幸自己，一直在朝着“为国家探宝”的梦想飞翔。

他想到了小时候听过的那个红舞鞋的童话：只要穿上神奇的红舞鞋，就可以不停地旋转，旋转，旋转……对着星空，他默默许愿：“时光啊，请给我一双红舞鞋吧！”

可是，他还没有等到那双红舞鞋，就累倒在了舞台上。2017 年 1 月 8 日，年仅 58 岁的航空地球物理学家、战略科学家黄大年，永远告别了自己挚爱的祖国，回到了大地母亲的怀抱里……

一束洁白的白玫瑰，放在他日夜工作过的实验台上。摆满矿石的实验室里，再也看不到那个充满力量的身影了。只有他生前最喜欢唱的那首歌《我爱你，中国》，还在轻轻回荡：“我爱你中国，我爱你中国！……我爱你碧波滚滚的南海，我爱你白雪飘飘的北国。我爱你森林无边，我爱你群山巍峨。我爱你淙淙的小河，荡着清波从我的梦中流过……我爱你中国，我爱你中国！我要把美好的青春献给你，我的母亲，我的祖国！”

老船长和蓝鲸

黄旭华小时候，总是喜欢坐在早晨的岩石上，一个人对着蓝色的大海，看那些大船和小船扬着白帆驶向远方。他梦想着，将来有一天，能成为一名骄傲的船长，胸前挂着望远镜，手上拿着海柳木烟斗，站在高高的船头，指挥着大船行进的方向……

有一天，他竟然找来一些木板和旧渔网，制造出了一艘小船，还在船底开了个洞，放进一些木炭。木炭点燃了，小船像蒸汽船一样冒起了烟……当然了，这样的小船，是不可能开动的。

那是战争的年代，日本侵略者的飞机，把他的小船和渔民们的渔船、房屋，都炸成了碎片。爸爸给他擦去眼泪，安慰他说："孩子，不要怕！炸弹能炸碎小船和房屋，却永远炸不碎中国人的梦想……"

上小学的时候，飞机天天飞来轰炸。老师只好带着他们，躲进密密的甘蔗林里，支起小黑板，继续上课。在艰苦的少年时代里，他学会了弹扬琴、拉小提琴，还学会了制作轮船和飞机模型。他想，要是这些轮船和飞机能变成真的，该多好啊！

1945年，黄旭华21岁。虽然被战火驱赶着，四处漂泊，辗转求学，但他仍然以第一名的成绩，考进了国立交通大学造船系。

“从现在开始，我要把小时候被炸毁的船，重新制造出来！”站在江边，望着宽阔的出海口，他和同学们一起发誓：一定要为贫弱的祖国，造出最坚固的大船！看上去，他们个个都像年轻的、勇敢的水手。每个人都扬起了梦想的风帆，渴望去大海远航。

在一张张图纸上，他无数次设计和描画着心中的大船。那位骄傲的船长，也被他描画在图纸上：船长站在高高的船头，胸前挂着望远镜，咬着海柳木烟斗，指挥着大船行进的方向……

1954年，在新中国的天空下，两个相亲相爱的年轻人——他和李世英，幸福地走到了一起。披着婚纱的新娘，像女神一样美丽。这一年，黄旭华30岁。

三年后，他们的女儿出生了。女儿小名叫“海燕”，在爸爸心目中，她就是大海的女儿。小海燕刚学走路时，爸爸就给她穿上了小小的海魂衫……

可是，在小海燕出生后第二年，爸爸突然“失踪”了！谁也不知道，爸爸去了哪里。也许，只有小海燕的妈妈知道爸爸去哪儿了。可是，妈妈说：爸爸是“国家的人”，爸爸去哪儿了，这是国家的秘密，比爸爸的生命更重要！

迎春花、桃花、梨花都开了，他没有回来；石榴花和荷花都开了，他还是没有回来；金桂、银桂和丹桂也开了，他仍然没有回来；下雪了，蜡梅和红梅也开了，他还是没有回来。一天又一天，一年又一年……小海燕开始上学念书了。可是她每天见到的，仍然只是相片上的爸爸。

“妈妈，爸爸永远失踪、永远不再回来了吗？”妈妈叹口气说：“也许，你爸爸……已经变成了蓝鲸鱼，游进深海里去了……”小海燕大哭着摇着妈妈。妈妈紧紧搂着女儿，在心里默默呼唤着：“旭华，你在哪里啊？”

在这以后的很多年里，黄旭华真的彻底“失踪”了。在美术课上，小海燕最喜欢画的图画，就是爸爸变成了一头蓝鲸，和别的鱼群一起，在深深的海水里游荡……

1961 年冬天，黄旭华的父亲去世了。老父亲一生最牵挂的人，就是儿子旭华。可是直到临终时，他也没有盼到儿子回来。年老的母亲，也天天想念自己的儿子，想得眼睛快要失明了，可是，儿子还是没有回来……

没有回来……没有回来……没有回来……

直到有一天，已经长大的海燕——现在她的名字叫燕妮——和妈妈、奶奶、叔叔、婶婶们，从报纸上看到了一篇报告文学，从中看到了关于一位姓黄的设计师的“蛛丝马迹”……全家人这时候才明白，黄旭华为什么“失踪”了30年！原来，他是和许多科学家、设计专家、将军、工程师一起，去了一个秘密的地方，为我们的国家设计和研制核潜艇这项“大国重器”！

制造真正的核潜艇，可不像他小时候用木板和旧渔网制造小船那么容易！当时，中国科学家拥有的核潜艇资料，实在是太少了。看，他有时候只好把外国人制作的一个核潜艇玩具模型，拆了装，装了拆，反复琢磨，验证自己的设计是不是合理。

他先是设计出了一艘只有25米长，但可以在海水里航行的潜艇模型。后来，他又设计和制造了一艘与真的潜艇一样大小的木制潜艇模型，在海上进行了各种试验……

光是核潜艇的外形，他就设计了无数个方案。一沓沓图纸，像山岩一样堆积在他身边。是梭鱼形好，还是鲸鱼形好呢？哦，不！也许是水滴形更好吧？他想，最好的潜艇，一定是跑得快，声音又小，还不会轻易地被敌方发现……经过了无数次试验，中国的第一艘核潜艇，采用了世界上最先进的水滴形艇身。

这是一项神圣的、绝密的“国家使命”。所有参与的人，都隐姓埋名，从家人身边“失踪”了。他们有一个共同的代号：09 工程。黄旭华，就是 09 工程的总设计师。

这时候，在女儿燕妮的想象里，那艘巨大的核潜艇，应该像一头蓝色巨鲸一样！燕妮年老的奶奶，却无法想象自己儿子现在变成什么样子了，只听见她在喃喃自语：“唉，30 年了……旭华的选择是对的！有国才有家啊，国家强大了，才有我们家家户户的幸福平安！你们一定要理解他……”

很多人都知道，1963 年，美国核潜艇“长尾鲨号”在深潜试验时不幸失事，129 人葬身在海底。为了打消人们的顾虑，首次深潜试验，黄旭华做出了一个惊人的决定：他要和自己设计的潜艇一起潜入海底，去完成极限试验。

他和潜艇一起，和勇敢的战友们一起，缓缓潜进了深蓝色的大海里，下潜，下潜，再下潜……

这一天，燕妮把报纸上登载的爸爸的故事，念给奶奶和妈妈听：“……他是中国核潜艇工程的总设计师，第一艘攻击型核潜艇，第一艘弹道导弹核潜艇，都是从他的手上诞生的！他也是世界上第一位伴随自己研制的核潜艇，去完成极限深潜试验的科学家……”

“真是太伟大了！爸爸，我们为你骄傲！”女儿望着远方的天空，在心里说道。

这时候，她想象着，爸爸好像真的变成了一位骄傲的老船长，正骑着一头巨大的蓝鲸，畅游在海水下面的童话世界里。所有的鱼群、珊瑚、海星和漂荡的海草，都在为他跳舞。

采集种子的人

一粒种子的力量有多么巨大，也许是人们无法想象的。无论是在高原和荒漠上、岩石和废墟下，还是在风吹日晒的屋顶上、瓦片间，甚至是在石头墙壁的缝隙里，我们都能看到种子的神奇力量。

据说，人的头盖骨的结构异常紧密和坚固，生理学家和解剖学家施尽了办法，也没能把它完整地分离出来。后来，

黄旭华小时候，总是喜欢坐在早晨的岩石上，一个人对着蓝色的大海，看那些大船和小船扬着白帆驶向远方。他梦想着，将来有一天，能成为一名骄傲的船长，胸前挂着望远镜，手上拿着海柳木烟斗，站在高高的船头，指挥着大船行进的方向。

有人从种子破土获得启示，把植物种子置入头盖骨中。果然，小小的种子用神奇的力量，把最坚固的头盖骨完整地分离了。

从植物学家钟扬身上，我们也看到了另一种种子的力量——那是一位共和国赤子和科学家的精神的种子。

钟扬生前是复旦大学生命科学学院教授、博士生导师，长期从事植物学、生物信息学研究和教学工作。在留给人们印象最深的照片中，他就是一个常年背着沉重双肩包的形象。熟悉他的人都知道，这个双肩包里装着笔记本电脑、学术和会议资料、翻译稿、学生的论文等。常年四处奔波的工作特点，让他养成了一个习惯，就是把所有可能需要的东西都随身背着。他会利用来往于上海、西藏等地的候机和长途飞行的时间，随时打开背包投入工作。

他是复旦大学对口支援西藏地区的一位援藏干部，在青藏高原上生活了16年，足迹踏遍了西藏最偏远、最艰苦的地区。因为身兼西藏大学生态学博导，他每年待在西藏的时间超过130天，所以经常要在上海、西藏两地之间来往飞行。在为藏地播撒和培育科研、教育人才的种子的同时，他也率领专业的团队，在青藏高原上为国家收集了数千万颗宝贵的植物种子，为祖国的生物多样性研究和保护做出了巨大的贡献。

钟扬是湖南省邵阳人，但他的初中和高中，都是在湖北省赫赫有名的黄冈中学就读的。1977 年，全国恢复高考制度。第二年，中国科学技术大学正式创建“少年班”，采取单独考试、改卷和录取的模式，招收尚未完成常规中学教育但成绩优异的少年学生。1978 年，中科大少年班首次招生，在全国仅招收 20 多人，竞争异常残酷，整个黄冈地区成绩最好的一位学生也没考上。钟扬是幸运的，考入了中科大第三期少年班，就读无线电专业。当年，湖北省约有 60 名学生报考了少年班，钟扬的初试总分排名全省第二。

钟扬后来回忆说：他们那一届考上大学的人很少，还不到全校应届高中毕业生总数的 1%。他和四名被名牌大学录取的同学，“成了全校 2000 多名学生心目中真正的英雄”。从此，一颗梦想的种子，开始在辽阔的科学知识的原野上更高、更远地飞扬起来。

五年之后，1984 年，刚满 20 岁的钟扬从中科大毕业，被分配到了中科院武汉植物研究所（现为中科院武汉植物园）工作。钟扬的专业并不是植物学，但因为数学和计算机基础很好，被分到了研究所技术室。在这里，年轻的钟扬才华横溢、意气风发，竟然创建了该所的第一个计算机室，接着还组建了一个计算机生物学青年实验室、一个水生植物室。他在武汉植物研究所工作了15年。这15年里，他彻底改变了自己的专业领域，先是在武汉大学进修了植物学专业，又到美国加州大学伯克利分校和密歇根州立大学从事合作研究数年。

所有的理论是灰色的，而生命之树常绿。2000年，当钟扬离开武汉，进入复旦大学生命科学学院任教时，植物学研究已经成了他新的专业和新的梦想。

“人就是要做自己感兴趣的事情，才能不负人生。我对植物学感兴趣，但我们当时的植物研究所只能在华中地区转悠，而在高校搞研究，想去哪儿就能去哪儿。”他曾这样回忆说。

2001年，一个新的机缘，给他梦想的种子插上了更为有力的翅膀。这一年，适逢复旦大学对口支援西藏地区。钟扬想都没有多想，就报名要求到西藏大学担任一名普通教授。他的请求得到了批准。

在他的心目中，青藏高原上有2000多种独特的植物，有近6000个能结种子的高等植物物种，占全国植物物种的18%，不仅数量大，而且质量也好。“那是每个植物学家都应该去的地方。”他下定决心要去青藏高原上收集种子。

2001年，钟扬第一次踏上被人们誉为“地球的第三极”

的青藏高原。去过西藏的人都有一个挑战：如何克服和适应高原反应，这可不是一个小问题。为此，钟扬用了五年的时间，才渐渐适应了高原反应。但是他当时并不知道，因为体质特点的不同，高原缺氧的环境对他的心肺功能造成了一定的损伤。

2002年，已经38岁的钟扬和他志同道合的妻子张晓艳，收获了他们“爱的硕果”：一对双胞胎儿子。小哥儿俩出生时，钟扬正在研究一种红树植物。他用植物的名字给两个儿子分别取名为“云杉”和“云实”。用植物学专业术语说，前者是“裸子植物”，后者是“被子植物”。于是，有的学生就在院里贴出了带有幽默风格的“喜报”说：钟扬教授和张晓艳博士的“遗传学实验取得了巨大成功”，有两个“新物种”为证：一为钟云杉，一为钟云实。

格桑花盛开的青藏高原，是一片圣洁的、充满神秘性的地方。但是长期以来，这片高原上的植物资源，没有得到过完整的“盘点”。我们从《红河谷》等电影或小说里曾看到过这样的情节：西方有一些冒险家也曾觊觎过西藏的植物和动物，多次以“科学考察”的名义进入西藏地区，但最终给西藏带去的不是什么科学发现，而是侵害、盗窃和践踏。最终，在全世界最大的种质资源库中，也不见西藏地区的植物种子。

钟扬与西藏结缘之后，有了一个宏大的梦想，就是想摸清青藏高原的生物“家底”。所以，他在西藏16年间，从藏北高原到藏南谷地，从曲折的雅鲁藏布江流域到苦寒的阿里无人区，还有林芝、日喀则、那曲……这些遥远的地方，都留下了钟扬和他的团队采集野生植物标本的足迹。

后来，人们粗略地计算过，钟扬在青藏高原上走过的总行程，早就超过了10万公里；他和学生们采集到的植物种子多达4000万颗。

可不要小看这些小小的种子。钟扬告诉学生们：“某一个基因，就能为一个国家带来生存的希望；同样的道理，某一粒种子，也许就能造福天下苍生。”

实际上，我们已经看到过了，不少中国科学家，就是用一粒种子在影响和改变着世界。如“农业科学家”袁隆平，就是用一株稻子在改变着世界，为解决人类的粮食问题做出了贡献；中药学家、诺贝尔生理学或医学奖获得者屠呦呦，也是用一株绿色的小草影响世界和造福人类。钟扬团队采集的这些植物种子，有的是“藏药”中的草药，有的是珍贵的花卉，有的是坚果、水果，也有的是农作物……可以想象，它们对国家和整个人类的价值是多方面的。

然而在西藏野外工作，总是伴随着各种艰难困苦。气候的恶劣，道路的险要，地域的辽远……都需要钟扬和学生们一一地去克服。生长在西藏的很多植物还有一个特点，就是它们自身为了适应高寒气候，也在慢慢地、有规律地不断进化着。越是有研究价值的植物，越是生长在气候条件恶劣的地方，因此，要采集到它们也越是艰难。就像传说中的古老的"风花"，长在雪谷而开在悬崖，要找到它和得到它，需要整个一生作为代价。它遥远又亲近，飘忽又朦胧，多少人舍弃一切幸福去追寻它，而一旦靠近了就会离不开它。

有时，为了采集到某些珍稀的植物样本和种子，钟扬需要进入常年无人区，或者攀登到海拔 5000 米以上的山野上。

在野外考察途中，钟扬他们曾多次看到过往的车辆冲出了盘旋的山路，掉到了悬崖下的雅鲁藏布江中。还有一次，也是在野外科考路上，突然一块松动的山石滚落下来，轰然砸中了钟扬乘坐的车子，所幸的是没有伤害到人。

"科学研究嘛，本身就是对人类毅力的挑战。"常年的野外考察，也让钟扬慢慢弄清楚了，同样是高原反应，却有十几种不同的表现。所以，每次出发前在准备水、食物和防护用品时，钟扬都会鼓励学生，同时也给自己鼓劲：“我们绝不能因为有高原反应，就畏缩不前了。上不了昆仑山，如何得到灵芝仙草？”

采集植物种子，有着严格的科学操作方式。比如要研究西藏生物多样性保护，钟扬给自己定的目标是，每个标本至少要采集 5000 颗种子；而且按照科学规范要求，两个样本之间的空间距离，不得小于 50 公里。所以，为了同一片地域上的植物种子，有时，钟扬一天就要赶路 800 公里，每行驶 50 公里，看见一种种子，就赶紧收集几颗，装入麻袋，然后赶到另一个采集点。

有一次，钟扬发现了一种内核比较光滑的毛桃，不禁欣喜若狂，一鼓作气，摘了 8000 颗。为了不损坏种子的完好度，他又发动全课题组老师、学生小心翼翼地来帮着“啃”毛桃。啃出的桃核，刷干净、擦干、晾干后，再送入种子库。他精挑细选出 5000 颗桃核，保存到样本瓶子里，有可能存放上 80 年到 120 年。这就算是一个标准样本了。那年夏天，光是这样的样本，他就做了 500 个。

2015 年 5 月，因为长期高强度的工作，钟扬突发脑出血，幸好被及时发现送到了医院，才保住了生命。苏醒后，出于对组织负责的考虑，他躺在ICU病床上，用口述方式，让人代写了一封信，汇报了有关工作的进展。其中有这样一段话：“这十多年来，既有跋山涉水、冒着生命危险的艰辛，也有人才育成、一举实现零的突破的欢欣；既有组织上给予的责任和荣誉为伴，也有窦性心律过缓和高血压等疾病相随。就我个人而言，我将矢志不渝地把余生献给西藏建设事业。”

2016年，钟扬回上海做了心脏搭桥手术。医生再三强调，他的身体已不适合在高原工作。但钟扬没有听从医生的建议，很快又返回了西藏。这年夏天，他以援藏队伍中的一位“老队员”的身份，参加了一个欢迎座谈会。因为多次受到高原病的折磨，当时，人们看到他的脸已经浮肿，脸色也是高原上特有的那种黑红色。很多人都对他说过的几句话记忆犹新，他说：“每个人都会死去，但我想为未来留下希望。”他心中的“希望”，也就是他的两个梦想：一是收集到更多的自然界植物的种子；二是在藏区播撒和培养更多人才的种子。

“在漫长的科考途中，我深深地觉得，这片神奇的土地，需要的不仅仅是一位生物学家，更需要一位教育工作者。”他这样说道。

钟扬刚到西藏大学兼任教授的时候，那里连硕士点都没有。经过多年的努力，2017年9月21日，国家教育部发布的“双一流”大学名单里，西藏大学生态学入选一流学科。这也是整个西藏地区唯一入选的一流学科。对此，钟扬感到无比的欣慰，因为这其中倾注了他十几年的智慧和心血。在他的想象里，未来的日子不仅有千千万万颗植物的种子，更有无数像金色的蒲公英一样的知识的种子、科学的种子、人才的种子，飞翔在辽阔美丽的青藏高原上……

可惜的是，我们的科学英雄，未能看到梦想的种子全部落地，竟然“出师未捷身先死”。2017年9月25日，钟扬在赴内蒙古为民族干部授课途中，不幸遭遇车祸而英年早逝，年仅53岁。

按照原定的行程，本来在三天后他会从上海飞回西藏，进一步规划西藏大学生态学学科的建设和发展远景的。但是这一次，他的身影再也没有出现在自己深深热爱和钟情的青藏高原，而只有他那未了的情、那永远的眷恋，像云彩一样飘回到吉祥的高原上了……

2018年3月29日，中央宣传部追授钟扬教授“时代楷模”称号。2019年2月18日，钟扬入选“感动中国2018年度人物”。评选委员会为这位扎根大地的“人民科学家”撰写的颁奖词是："超越海拔六千米，抵达植物生长的最高极限。跋涉十六年，把论文写满高原。倒下的时候，双肩包里藏着你的初心、誓言和未了的心愿。你热爱的藏波罗花不求雕梁画栋，只绽放在高山砾石之间。"

2019 年夏天，武昌梨园

后记

2014 年秋天，我与历史小说作家、茅盾文学奖获得者熊召政等几位友人一起去俄罗斯、瑞典访问。在列夫·托尔斯泰的故乡图拉访问时，一个午后，我特意去托翁亲自耕耘过的雅斯纳雅·波良纳的田野上和苹果园里，盘桓了许久。

辽阔的田野上空，飘浮着大团大团洁白的云朵。一株株老苹果树下，落满了红艳艳的、熟透的苹果。晚年的托尔斯泰，有时候会坐在庄园里的一个安静的谷仓间里写作。有时候写累了，他就换上宽松的棉布衣服，拄着一根手杖，在田野间和云朵下徒步。

那一天，漫步在深秋时节的田野上，我不时地留心观察着脚下，心里暗暗期待着：能不能幸运地发现插在地上的一根“绿树枝”呢？

托尔斯泰五岁时，他的大哥尼古拉告诉过他一个秘密，说是只要把这个秘密解开，世界上就不再有贫穷、疾病、战争和仇恨。哥哥还告诉他，这个秘密写在一根“绿树枝”上，就埋在附近的小路边和田野上。

这个绿树枝的故事，让幼小的托尔斯泰从此心驰神往。寻找那根神奇的绿树枝，不仅成了托尔斯泰童年时最喜欢的游戏，也成了他一生的使命。人们说，这位伟大的文学家和人道主义者，毕生都在寻找那根能让人们摆脱贫穷、疾病、战争和仇恨，能给人间带来幸福、快乐、和平与善爱的绿树枝。

托尔斯泰去世后，就安葬在庄园的森林深处。他的坟墓，是一个十分朴素、再简单不过的小土丘，堆在雅斯纳雅·波良纳树林里的一小块明亮的空地上。1928年，奥地利作家茨威格曾来此拜谒，写下了一篇著名的散文《世间最美的坟墓》。

我们这一行人，也怀着无比敬仰的心情，穿过一片长着高大的白桦树、椴树、橡树和一些矮小的灌木的树林，伫立在了托翁朴素的坟墓前。眼前的景色，和茨威格当年的描述一模一样：一个长方形的土堆，无人守护，无人管理，只有几株大树荫蔽着它。这几株高大挺拔、在初秋的风中微微摇动的树木，是托尔斯泰亲手栽种的。

“没有十字架，没有墓碑，没有墓志铭，连托尔斯泰这个名字也没有。这个比谁都感到被自己声名所累的伟人，就像偶尔被发现的流浪汉、不为人知的士兵一般，不留名姓地被人埋葬了。谁都可以踏进他最后的安息地，围在四周的稀疏的木栅栏是不关闭的——保护列夫·托尔斯泰得以安息的没有任何别的东西，唯有人们的敬意……”茨威格如此动情地写道。

其实，所有伟大的、富有情怀的作家，又何尝不是在世间寻找和播插“绿树枝”的人？美好的故事就是光明。虽然任何作家都没有能力让所有的人都生活得幸福、快乐与安宁，就连在童话里也办不到，但是，最温暖的作品，就应该给人们带去梦想、希望和力量；最伟大的作品，一定是引导人们前行的灯火，一定能够指引人们去找到梦想、希望、幸福和光明。

习近平总书记在中国文联十大、中国作协九大开幕式上的讲话里，曾引用过托尔斯泰的一段话：“如果有人告诉我，我可以写一部长篇小说，用它来毫无问题地断定一种我认为是正确的对一切社会问题的看法，那么，这样的小说我还用不了两个小时的劳动。但如果告诉我，现在的孩子们二十年后还要读我所写的东西，他们还要为它哭，为它笑，而且热爱生活，那么，我就要为这样的小说献出我整个一生和全部力量。”这段话，对每一位作家来说都足以奉若圭臬。

有温度、有情怀的作品和创作者，也一定不会失去对现实生活的热情。2019年春天，习近平总书记在全国政协会议期间看望出席会议的文艺界、社科界委员时的讲话中，要求创作者应该承担记录新时代、书写新时代、讴歌新时代的使命，勇于回答时代课题，从当代中国的伟大创造中发现创作的主题、捕捉创作的灵感，为时代画像，为时代立传。这对一切文艺工作者来说，无疑也是圭臬之论。

“为时代画像，为时代立传”，这是一个多么庄严、美好和高远的目标！我能做到吗？也许，终其一生的努力，我将离这个目标仍有很远的距离，但是只要坚定自己的创作自信，至少我能够尽力去做到，铭记“承担记录新时代、书写新时代、讴歌新时代的使命”，从当代中国的伟大创造中去寻找和发现创作的主题，去捕捉创作的灵感。这一点，收入本集的大部分散文，可以为此做证。

2016年3月，我出版了一部《芦花如雪雁声寒——徐鲁散文选》（陕西师范大学出版社），收录了2013年至2015

年上半年创作的部分散文；2017 年 8 月，又出版了一部《冬夜说书人》（海豚出版社），收录了 2015 年至 2016 年间的部分散文。在这之后的 2017 年至 2021 年间的一些散文新作，都编选在这部《奔腾的春溪》里了。另有少数几篇写于 2015 年和 2016 年，当时因为不太满意，迟迟没有定稿，这次趁新集出版，稍作修订，一并编入。因为题材和行文风格各异，这些散文大致分为三辑，细心的读者自可理会，不再一一赘述。

这部散文集，将由我家乡的山东教育出版社出版。感谢年轻的编辑朋友为这本书付出的心血。江河日夜流淌，不舍昼夜。无论是创作者还是编辑出版者，都是生活的河流上的赶路人和摆渡者。正如我在《洞庭湖畔摆渡人》里所写的："善良的人总是会全力撑起希望的小船，奋力前行，既渡自己，也渡他人。小小的船头上，还总会挂起一盏闪着微光的风灯，既照亮自己，也照亮他人。"

徐 鲁

2021 年农历霜降，东湖梨园